大鱼

有爱的青春陪伴者

森木岛屿 / 著

不是风动，是心动

江苏凤凰文艺出版社
JIANGSU PHOENIX LITERATURE AND ART PUBLISHING

图书在版编目（CIP）数据

不是风动，是心动 / 森木岛屿著. -- 南京：江苏凤凰文艺出版社，2022.1
ISBN 978-7-5594-5961-9

Ⅰ. ①不… Ⅱ. ①森… Ⅲ. ①长篇小说 - 中国 - 当代
Ⅳ. ①I247.5

中国版本图书馆CIP数据核字(2021)第101004号

不是风动，是心动

森木岛屿 著

责任编辑 王　青
特约编辑 雪　人 廖唯佳
责任校对 彭　佳
出版发行 江苏凤凰文艺出版社
南京市中央路165号，邮编：210009
网　　址 http://www.jswenyi.com
印　　刷 长沙鸿发印务实业有限公司
开　　本 880mm × 1230mm 1/32
印　　张 9
字　　数 195千字
版　　次 2022年1月第1版
印　　次 2022年1月第1次印刷
书　　号 ISBN 978-7-5594-5961-9
定　　价 39.80元

目录

目录

Chapter 01
·冤家路窄·

/他还是第一次见到这么明目张胆
又理直气壮的碰瓷/

1

“对Q！”

“对A！”

“嘿，我炸！”

“……”

盛夏，烈日当空。

简陋的驾校训练场上，角落处用石棉瓦撑起了一方小小的遮阴篷，摇头晃脑的落地扇吱哟吱哟吹出一阵阵凉风。

冯戎甩掉手里的最后两张王牌，在同事的骂骂咧咧声中露出一口明晃晃的大白牙，笑得满脸褶子，嗓门儿还贼大：“赢了赢了！”

“看你那嘚瑟的样子！”老李踾灭烟头，斜眼嗤他，不甚服气道，“来，继续继续，我就不信了，你今儿一天手气都能这么好！”

“来就来，谁怕谁？”

冯戎也撸起袖子，两个人摩拳擦掌，准备开始下一轮激战。

“不玩了。”桌上另一个人出声，把手里仅剩的两张牌倒扣在手边，懒懒散散地起身。

冯戎正在兴头上，突然被打断，“啧”了声，扭头去看他，脸色一冷，左脸上的刀疤显得格外唬人：“干啥呀？不都说了，今儿跟我玩一天的！麻溜儿利索儿地给我老实坐着！”

冯戎一开口，老李就忍不住笑场：“得了吧老冯，你这纸老虎也就唬唬我们哥几个，咋的还准备威胁小宋啊？人现在可不是以前光着屁股满街道跑的浑小子了，你这老胳膊老腿的，是追得上还是打得过啊？”

宋至肴倒是没出声，垂眸看了眼冯戎，还是安安分分重新坐了回去。

宋至肴个子高，一双大长腿安置在桌底显得有些拥挤，但职业习惯使然，坐姿还是端正笔挺，只是神色有些许不耐烦和倦怠。

冯戎冷哼了声，慢悠悠地端起褐色保温杯，拧开盖子，吹了吹浮起的茶叶，眯着眼睛审视宋至肴。

就在老李以为这俩人要谈什么严肃话题，考虑要不要回避时，冯戎幽幽开口了：“从明天开始，来这儿给我帮忙啊，活儿又不重。”

说着，冯戎伸手指向不远处正在练习倒车入库的几个小年轻，都是半大不小的新学员，跟着个年轻教练，勾肩搭背、嘻嘻哈哈的没个正形，科目二考了三次都没过。

“看见没，就那几个小兔崽子，给我盯紧了，回头……”

“不去。”

都没给冯戎说下去的机会，宋至肴直接打断。

“不来也行，”冯戎捧着保温杯，又低头呷了口茶，不疾不徐地威胁道，“那你舅妈回头问起来，我可就——”

话音未落，手机振动，宋至肴低头瞥了一眼屏幕，转身往外走：“我接个电话。”

“哥，你就是我亲哥！”徐子启的大嗓门从电话那头传过来，他应该是在外面，背景有些嘈杂，但语气激动得不行，“我的再生父母，在世祖宗！要不是你，我这小破公司这次真得玩儿完！

“不过话说回来，你把老婆本都砸给我救急了，回头不会被舅妈逐出家门吧？”

宋至肴笑骂了一声，懒洋洋地随口胡扯：“老婆都没有，哪儿来的本儿？”

“那不能够啊，”徐子启嘿嘿一笑，“你条件这么好，又够仗义，还能缺老婆？这次占了你老婆本，回头给你介绍妹子！”

宋至肴懒得再接这话茬，随手捻了根狗尾巴草把玩，问道：“你那边怎么样了？”

“完全OK，”提到这个，徐子启兴冲冲地道，“我跟你说，等我们新产品陪伴机器人上线，发布会那天，第一份邀请函绝对给你！”

徐子启跟宋至肴从小玩到大，理工男，在科技这块颇有天分，一直研究人工智能，零零散散也发明过不少小玩意儿，之后他不顾老爸的劝阻，跳出编制，自己创业成立了爱信科技。

但因为不善于管理，加上今年年初的大环境影响，经济整体下滑，他的资金链出了问题，公司一度面临被收购的风险。

宋至肴刚从部队回来，知道后便把自己全部身家都砸了进去，又前后找人帮忙筹措资金，这才帮他解决了问题。

“那就成。”

“那你这次回来怎么个打算啊？”

宋至肴没说话。

徐子启从会场出来，换了个清静一点的地方，又问道：“不然你考虑下来我这儿？

“你也知道，我这人吧，在实验室里敲敲键盘还可以，但管人这事儿真不太行，操不来这些心，回头还真得招人进来。你现在要是还没什么计划，就来跟我一起呗，以前手下带过那么多新兵，来我这儿还不把他们一个个都管得服服帖帖的！”

徐子启是真想拉拢宋至肴。

“闹呢，”宋至肴笑了，把狗尾巴草叼在嘴里，漫不经心道，“那能一样？”

“怎么不一样？再说了，你这次也是真金白银地砸了钱进来的，也算是我们公司半个少东家不是？你来我这儿，怎么也要给你一个经理的位置。有啥需求尽管说！我都满足！”徐子启意识到自己开始满嘴跑火车，赶紧及时刹住，“怎么样？我说真的，考虑一下？”

见宋至肴半天没吭声，徐子启也知道这就是绝对没戏的意思了。

他也知道这男人一根筋，性子轴。

“得，知道您一腔热血，武警部队出来的瞧不上咱这两手铜臭，”他也不耍嘴皮子功夫了，正经地问道，“老陈怎么说？没说让你啥时候回去啊？”

老陈，陈川，是武警部队副司令。

陈川年轻时候带过宋至肴的爸妈，后来他爸妈在执行任务时牺牲，留下尚且年幼的宋至肴，还几次遭遇罪犯报复。

那时候冯戎夫妇还不在这边，陈川担心小孩的成长问题，就带着宋至肴去了部队。

这些年，陈川一直把宋至肴当亲儿子养，好在宋至肴也出息，各方面表现都相当出色，给陈川长脸不少。

这次把人送回来倒是有些突然，徐子启不清楚具体情况，只听说是出任务的时候，宋至肴受了重伤，差点儿丢了命。

估摸着把老头子吓着了，他才放宋至肴回来好好休养段时间。

这边半天没反应的人眼皮子终于微微颤了下，眸底的细微情绪一闪而过，宋至肴很快把嘴里那根草吐出来，侧头笑了下，语气恢复戏谑：“徐总，您这挺闲啊？在这儿拉我做陪聊呢？回头别忘了给报一下话费。”

他说完也不等徐子启再吱声：“没事我挂了。”

“哎，等等！”徐子启赶在他挂电话前的最后一秒开口，“哥儿几个攒了个局，过来一起聚聚呗！我请客，算是感谢宋老板慷慨解囊给我砸钱，也正好给您接风，怎么样，赏个脸？

“哦，对了，你这刚回来，住的地儿不还没找好吗？我还有个小公寓空着，正好把钥匙拿给你。”

什么感谢宴接风洗尘的，宋至肴对这种场合其实没什么兴趣，有这时间不如回家睡一觉。

但是——

他回头瞥了眼正在跟老李侃大山的冯戎同志，不由得眉头微蹙，轻啧一声，扭头往回走：“行，地址发我。”

“考虑得怎么样了？”见宋至肴回来，冯戎抬手抹了把脑门上的汗，抬眼看他，又伸出手指比画了个数，“老舅给你开工资呢，这个数，咋样？”

“舅妈知道你藏私房钱的事情吗？”宋至肴问道。

冯戎一时愣住了。

宋至肴笑笑，拎起桌上的车钥匙，在冯戎面前晃了晃：“晚上还你。”

冯戎笑骂两声，追喊道：“没油了，你顺便给我加满！还有，要是来驾校给我帮忙做个小助理，这段时间这辆车子就归你开了。”

宋至肴脚步一顿。

老李看热闹不嫌事大，就爱跟老伙计过不去，他笑嘻嘻地把自己的车钥匙丢过去：“来，开李叔的，我们华圣的车子性能更好，早上刚加的油，随便用，咱就不答应这糟老头子，他坏得很！”

“谢了，李叔。”宋至肴伸手稳稳地接住车钥匙，顺便把舅舅的还回去，还不忘偏头冲冯戎一笑。

气死人不偿命。

冯戎扯着嗓门跟老李骂骂咧咧地嚷起来。

七月份的高温天气，热得厉害。

路边的树木都被晒得蔫巴巴的，新修剪的草坪旁边散落着一地细碎的干草，空气里散发着绿草混合汽车尾气的味道。

车子在马路边停下。

程舒窈胸前挂着猫包，左手提着封闭式猫砂盆，从出租车上下来后，她满脸愧疚地点头哈腰，扫码付款的时候还多加了两百块钱洗车费："真的不好意思啊师傅，辛苦您去洗个车，真的对不起。"

大夏天的，车里味道重，师傅本来还窝了一肚子火，但见小姑娘这副好声好气的样子，只瞥了她一眼，也没再多说什么，一脚油门扬长而去。

程舒窈站在马路边，跟怀里的猫大眼瞪小眼，然后长长地叹了口气。

"出师不利，这说明什么？"

微信视频那头，许清身着职业白衬衫黑短裙，大 C 字卷短发别在耳后，妆容精致利落，不时瞥一眼镜头。

"说明什么？"程舒窈把猫砂盆从左手换到右手，然后拦车。

几辆出租车过来，司机见她携带宠物，都摇摇头，然后踩了脚油门疾驰而去。

"说明你真的不该再养宠物，"许清说话一点儿情面也不留，偏头掰着手指头，"我粗略估算了一下——"

许清沉默片刻，然后轻轻地叹了口气："很遗憾，自我认识你到现在为止，你一只宠物都没养活过，从蛐蛐儿、仓鼠再到金鱼、兔子，在你手里，它们的平均寿命都不超过三个月。”

“谁说的？”程舒窈不服气，“那我还养了南山呢！”

南山是只乌龟，当初取“寿比南山”之意，就是希望它能活得久一点儿，可惜……

“南山从花鸟市场到你手上以后，总共活了三个月零三天，其中三个月还都是我在养着的。”

程舒窈语塞。

那会儿程舒窈正忙着餐厅翻新装修的事情，于是许清就把南山带身边养了段时间，结果等程舒窈忙完接它回去，才三天不到，许清就收到了乌龟归西的消息。

“都说乌龟能活到送走主人，你倒好，三天送走乌龟，”许清不知道该怎么吐槽了，最后只幽幽道出两个字，“厉害。”

程舒窈表示自己也很无辜。

她一直很喜欢小动物，但是不知道怎么回事，从小到大，她就没成功养活过几只，最后总会出现各种幺蛾子导致它们早早去见上帝。

“那就是个意外，”程舒窈辩解，她有些心虚地摸摸鼻尖，不过很快又兴致勃勃道，“这只小猫咪身强体壮，朋友圈的算命大师都帮我看过了，它八字跟我很合，命特硬，还威风，连原主人家几十斤的哈士奇都不是它的对手……”

“看出来了，见面就给了你一泡尿，让你多付两百块洗车费，确实威风。”

说话间，第六辆出租车在她面前飞驰而过，司机连刹车都不带踩一下的。

程舒窈顶着烈日，抹了把脑门上的汗珠，然后低头看了眼在猫包里上蹿下跳的蓝胖子——

确实命硬，也确实威风。

“我有预感，”她认命了，索性放弃打车的想法，把目光落在旁边的共享电动车上，“它这次绝对能打破我养不活宠物的魔咒，你知道……”

她吭哧吭哧扛着东西架在电动车上，固定好，又热又累，声音都变了调：“你知道我给它取了个什么名字吗？”

“霸王龙！”她扬声，“嘀”的一声，电动车解锁，“霸气威武，妖魔鬼怪都不怕，绝对不会挂。”

许清淡淡地说：“霸王龙在6650万年前就全军覆没了。”

程舒窈狠狠地说：“许清，我觉得你不适合聊天。”

“我适合工作，”许清无所谓地耸耸肩膀，“好了，我要跟老板去开会了，拜拜。”

视频通话挂断。

程舒窈顶着烈日，摇摇晃晃地骑着电动车，猫包里小家伙闹得厉害。

路口的红绿灯像触电了似的来回闪烁不停，她看着乱糟糟的十字路口，单脚着地停下来思考了三秒钟，又扫了眼交警叔叔的手势，了然地比了个“OK”的手势，旋转把手，迅速右转滑入车流。

新一代车神。

她优哉游哉地打了个口哨，然后……

“哐”的一声闷响，天旋地转，视线忽然颠倒反转。

天啊，撞车了。

这是她整个人趴在地上，屁股传来剧痛时的第一反应。

第二反应——

她同怀里龇牙咧嘴冲她哈气的霸王龙四目相对。

儿子，你是真的命硬。

路口交通灯坏掉了，车流拥挤混乱，宋至肴在这里堵了十几分钟，徐子启那边电话一遍又一遍催，好不容易等到前边松动，交警前后指挥，按住右转车辆，给他比画了个通过的手势。

可他这边刚起步，就看见一辆冒冒失失的电动车迎头闯了过来，好在车速很慢，他反应又很快，一脚踩死了刹车。

但车身还是一响。

撞了。

他一直都是个暴脾气，遇上这种不怕死的马路杀手，当即就冷了脸，他开车门下去。

一辆黄色电动车侧翻在地，旁边粉白色的猫砂盆也掉在地上七零八碎，随后绿化带里冒出颗毛茸茸的脑袋。

女生素着张脸，皮肤很白，鼻梁高挺，一双眼睛晶莹透亮，棕栗色刘海沾了汗水，有些湿漉漉的，水波纹长发有些杂乱，黑白双色T恤搭牛仔热裤，露出一小段纤细漂亮的腰肢。

女生怀里还抱了只黄白的太空猫包。

程舒窈"嘶"了一声，揉着腰从草丛里站直身体。

交警已经跟了过来，周围还有一帮围观群众从车窗里探出头来看热闹。她有些不自在地挠了挠眉梢，目光自下而上落向面前的车主。

黑T恤加运动裤，宽肩窄腰大长腿，两侧头发剃得很短，前额刘海悉数往后，露出额头，五官硬朗，下颌挺削，剑眉微抬，神色溢出几分明显的不耐烦。

满满的荷尔蒙气息。

他们四目相对。

"那什么……"

程舒窈有点不好意思，悄悄扫了眼被自己刚蹭过的车身，目测没有什么大的损坏，自己除了屁股摔得有点疼以外，也没什么大问题。

要不……道个歉，大事化小小事化了，过去就得了？

"对……"

"你近视多少度？"宋至肴居高临下地看着她，确定人没事，那点儿火气便往上蹿，直接打断了她的道歉。

他生来就不是个温和脾气，这些年又一直在部队上跟一堆糙汉子混，训惯了人，一开口便是夹枪带棒的嘲讽语调。

程舒窈一时没反应过来，有些茫然地"啊"了声，然后下意识道："我裸眼5.0，不近视。"

"那你脑袋是用来凑身高的？"

她这下回过味来了。

这是骂她呢。

有事儿说事，她一没有逃逸不负责，二没有撒泼耍赖当街滋事，这就是个意外，他这张口就冷嘲热讽的算是怎么回事啊？

“不是……”

“超速，”宋至肴冷着脸，视线落在她车上，“超载，违规行驶，年纪不大胆子不小。这么能耐骑什么车？直接飞过去不成？”

“我……”

“看不清路面标识，不认识交警？路口交通信号灯和交警指挥不一致时，按照交警指挥通行，没学过？”他看着她的眼睛，冷声道，“觉得自己车技好不会出事？每年出多少交通事故，大热天的交警站在这里维持秩序，就是因为有你这样的马路杀手知不知道？”

就丁点儿大的事，她本来想着也确实是自己鲁莽了，不过好在没发生什么实质性损伤，她好好道个歉就行了，结果从头到尾她连一句话都插不上。

她看着面前对自己劈头盖脸一通指责的男人，目光从茫然，到震惊，再到渐渐幽怨。

于是，三秒钟之后。

宋至肴看着刚拍干净身上的灰、浑身上下完好无损的女生，幽幽地看了他一眼，然后装模作样地捂着脑袋，又默默地躺回地上了。

他还是第一次见到这么明目张胆又理直气壮的碰瓷。

宋至肴终于闭嘴了。

程舒窈满意了。

连刚刚准备给这哥们儿竖个大拇指，夸他觉悟高的交警同志，都震惊了。

虽说主要责任在程舒窈，但毕竟没酿成什么大事故，双方私下和解省去一系列麻烦再好不过，可如果她真的一口咬定自己身体撞出问题了，回头再去医院做一系列检查，事情闹大，宋至肴还是要负次要责任。

重要的是，宋至肴才刚回来，这事儿要是再传到舅舅耳朵里，搞不好又得出什么幺蛾子。

宋至肴沉默了一会儿，有些烦躁地说："对不起。"

程舒窈当然没有真的要碰瓷，她本质上还是新世纪的优质十好公民。

她从地上爬了起来，也道了个歉，还认认真真对他鞠了一躬："今天这事儿确实是我不对，但我完全是无心之过，就是个意外。"

说起来有点心虚，她平日里都是坐别人的车，对交规和交警手势倒还真是一知半解，这会儿再想起交警大哥给她比画的手势，她也后知后觉地意识到自己可能理解错了。

"有什么赔偿需求我都认了，但是，"她扯出个死亡微笑，"您这开口就阴阳怪气冷嘲热讽的嘴巴，应该也是泡在毒药里长大的吧？不见得比我这种脑袋凑身高的好多少。生活很不顺心吧，逮到人就想发泄一通？"

宋至肴气笑了，他还想再说什么，徐子启那边的电话又打了过来，他接起来说了两句，又看了眼程舒窈，扯了扯嘴角："下次别让我再逮到你。”

后者站在原地冲他挥手：“拜拜。”

两人各自皮笑肉不笑地看了对方一眼。

宋至肴上车，一脚油门，潇洒地回了她一屁股车尾气。

可惜，潇洒没能维持几秒钟。

不知道碰到了哪儿，车上大喇叭忽然响起来——

“华圣驾校招生，正直可靠，一人一车，随到随学，包教包会，价格优惠……”

她在这不绝于耳的宣传广告语中僵化了三秒，忽然想到这位大哥之前的指责。

超速、超载、路面标识、交警手势……

原来是华圣驾校的。

难怪!

她仿佛突然明白了什么——

这位教练，恭喜你，你的招生宣传方式还真是成功引起了我的注意。

2

程舒窈在驾校报了名。

知错就改，不懂就问，不会就学。

这一向是她这种 21 世纪优质青年的优良品质。

她认定了宋至肴那天对她劈头盖脸的一通教训，就是为了借机给自己驾校多招一个学员。

于是，她特意报了盛化驾校。

——据说是华圣的死对头。

“你们现在学车条件多好！”

教练是个中年男人，脸上有道疤，因为年代久远的关系已经恢复得只剩下一条白白的线痕，但搭配他本人的大嗓门和强健的肱二头肌，还是给整个人又添了些凶神恶煞的味道。

“我这人可劲儿温柔，贼好说话，也细心！”

他说着还哐地拍了下桌子。

大家不由得纷纷缩了下肩膀。

程舒窈是个有眼力见儿的，适时帮他把杯子里的水满上，然后扯出个温和又崇拜的笑脸，很是狗腿地附和点头。

教练满意一笑，端起保温杯灌了口水，一挑眉扯着嗓子继续话说当年：“我们当时学车，嘿，那你们是没见过，那才叫苦！

“每天天不亮就爬起来。那会儿是大车，还是需要手动点车发动的那种！

“特别是大冬天的时候，我们几个学员要早起去发车，摇把儿，你们估计都不知道，就大概几十厘米长的铁棍那种，完全靠手摇把车点起来！

“我们教练那龟孙儿，可嘚瑟了，没少整我们！

“他那时候哪儿有我这么温柔，他当教练以后，吃饭都没自己掏过钱，方圆几十里的饭馆，他都是进去随便吃，完事儿了就拍屁股走人，学员天天跟他屁股后边轮流买单，就为了讨好他好学车！”

他说着一摆手，眼睛一瞪：“哎，别误会，我这么说可不是暗示你们给我搞这些有的没的啊！

“你们现在条件好了，一个个都给我好好学！

“像我们那会儿，教练看谁学不会，就直接捶人！”

“看见没？”他张嘴露出缺了颗牙的漏洞，“这牙，就是当年被他直接打掉的！”

大家又忍不住倒吸一口气，这是赤裸裸的威胁啊。

程舒窈想到自己一早上通通失败的那几次倒车入库，顿时也有点慌了。

“那什么，”她又讨好地给教练添了杯水，谄媚道，“严师出高徒，所以冯教练青出于蓝而胜于蓝，不仅车技好，脾气也好，学到了师祖的精华，还去掉了他那些粗暴的糟粕！”

师祖？！

这次连冯戎都忍不住笑了。

“姑娘，你别怕，回头……”

他刚想说话，从不远处传来一道带笑的清冷声音：“听他吹呢，他那颗本来就是虫牙，后来有天在豆沙包里吃出颗石子儿，给崩掉的。”

“扑哧——”

全场学员都没忍住，笑出了声。

冯戎一张老黑脸气得红黑，把杯子往桌上一按：“宋至肴！”

后者优哉游哉地走过来，手里拎了一袋子雪糕，丢到冯戎怀里：

“你要的。”

冯戎冷哼一声，从里边摸出一根巧克力脆皮，把剩下的放到面前的石桌上：“来来来，看你们爱吃什么口味的，自己拿啊。”

说完，自己先拆开包装袋，咂巴咂巴嘴去啃了。

气氛缓和下来，围拢的几个学员相互对视一眼，确定这不是教练设坑，才都道了谢去分吃的。

只有程舒窈站在原地，跟几步开外的宋至肴面面相觑。

冤家路窄。

两个人同时心道。

“小程啊，”冯戎啃冰激凌啃得不亦乐乎，丝毫没注意到面前俩人之间气氛微妙，“你下午没事儿的话，练完车先别忙着回去！”

“我没事，教练。”程舒窈从宋至肴身上移开视线。

“得嘞，我呢，是这么个意思，”冯戎抿抿嘴，瞟她，“看你练这一早上，效果也不是那么……理想，我也是希望你们科目二最好都能一次性通过，大家都省事儿不是？”

程舒窈悄悄地瞥宋至肴，生怕教练把自己早上练车的各种糗事说出来，忙不迭点头。

“所以，以后有时间你就在训练场上多待会儿，辛苦一下加练！放心，不收钱，单纯是为了让你好好学车，这以后出去也少个马路杀手不是？”冯戎说笑。

“马路杀手”这四个字一出，想到宋至肴在旁边，程舒窈脸立马涨得通红，但她还是强忍着挤出个笑：“好嘞！”

“宋至肴，”冯戎回头使唤外甥，“从今天开始，小程就交给你了啊，替我看着！”

怕他不应，冯戎说着还威胁地冲他递了个眼神。

宋至肴把全部身家砸进徐子启公司的事儿不敢让舅妈知道，冯戎就捏着他这点儿把柄可劲儿使唤他。

宋至肴轻嗤。

程舒窈还没想明白为什么开着华圣驾校车子的宋教练会出现在死对头盛化驾校的训练场上，但这会儿她也没心思研究这个了，只在心里暗暗祈祷他千万不要答应。

然后，就看见宋至肴若有所思地瞟了她一眼，然后眉梢一挑，他轻啧了声：“行！”

啊！

她忍不住在心里爆了句粗口。

傍晚，夕阳西沉，只剩瑰丽的云层笼罩在天边。

一整天的暴晒结束，酷热也渐渐散了少许。

大家同教练告别，纷纷离场。

训练场归于安静，冯戎远远地冲程舒窈和宋至肴挥了挥手，然后喝了口水，就揉着腰拿上没吃完的馒头去喂门卫养的小黑狗了。

“上车！”

宋至肴拧上矿泉水的盖子，嗖地丢进远处的垃圾桶。

程舒窈按下心头的各种问题和小小的不爽，乖乖爬上了驾驶位。

好在他也没再说什么，绕上副驾驶，关上车门，仿若一台没有感情的教学机器，只淡淡瞥她一眼：“调整座椅坐姿、后视镜，系安全带，踩离合和刹车，挂挡，松手……”

话音未落。

驾驶座椅“刺溜”一下往后基本放平。

程舒窈一脸蒙地半躺在了座椅上。

宋至肴无语。

他总算知道为什么舅舅要留她加训了。

就这位的水平，回头真上了路，何止是马路杀手，简直就是行走的人形炸弹。

“怎么，看天黑了打算在这儿睡一觉？”他不冷不热道。

程舒窈听出了他语气里的嘲讽，咬了咬牙，趁他不注意，狠狠地瞪了他一眼。

在开车这件事上，上帝似乎确实给程舒窈把窗户和大门都关严实了。

在第五次车轮死死压着黄线掉进旁边的坑里时，她和副驾上的宋至肴双双陷入了绝望。

后者只好亲自上手，把车子“救”上来，开到固定位置，摆正车身，然后把驾驶位还给她：“手机给我。”

程舒窈心里发虚，这会儿一点儿硬气都没了，问都没问一句，乖乖把手机交了出去。

宋至肴从兜里摸出自己的手机，睨了她一眼，然后绕到入库的黄线转角处，在左右两侧各摆上一部手机，最后坐回去，轻声说道：

“开车，轧到手机后果自负。友情提示，我的手机里全是重要资料，你要是……”

话音未落，车子出库，车轮很微妙地颠了一下。

程舒窈再被威胁到，手上一抖，车身更歪了。

宋至肴觉得自己胸口疼。

偏偏还有一只蚊子凑过来，在她眼前嗡嗡直转。

宋至肴眼看着车身歪得乱七八糟，后轮还要再轧一次，气急败坏地喊她：“打死打死！”

程舒窈一个头两个大，不可置信又略微为难道：“别吧？还挺危……”

“险”字还没出口，宋至肴冷着脸，一个字命令：“打！”

于是，“啪”的一声，吸饱了血的蚊子惨死在她掌心里。

宋至肴彻底绝望了，连发火都顾不上，直接侧身去拽她的方向盘，可车后轮还是“哐当”一声，直接陷进了坑里。

程舒窈一时手忙脚乱，下意识想去踩刹车，被宋至肴一记白眼瞪得一慌，混乱之下把油门当成了刹车，死死一脚。

车子轰鸣，后轮二次从他手机上轧过去，好在宋至肴反应很快，一脚踩死了副驾驶上的刹车。

两个人被安全带重重地带回来。

宋至肴心都凉了。

而程舒窈更是觉得自己魂儿都丢了。

“倒回去！”

宋至肴压着耐心，打算练完这最后一把，就去跟舅舅说自己不干了。

但也不知道是不是受了刺激反而冷静下来，这次程舒窈倒是磕磕绊绊勉强把车成功倒了进去。

虽然手机屏幕已经彻底碎成了蜘蛛网。

还偏偏轧的是他的手机。

“程舒窈，”他看着她熄火停好车，深深吸了口气，“要不你去测测智商？”

“我智商一百三。”

“折旧五成？”他胸口真的疼起来了，下车俯身把手机捡起来，太阳穴突突直跳，“不然怎么着，存心报复？”

报复个什么！

她差点儿连自己命都搭上了好吗？

但好歹今天也勉勉强强算是成功倒进去了一把，她上前左右看看车子两边的距离，心里那点儿火气又被细细密密的小欣喜压制住。

她难得仰头冲他嘻嘻一笑，然后绕到另一边捡起自己的手机，走到他面前，仔细端详了他的手机一番，碎碎念叨：“遇事不要慌，先拿出手机，发个朋友圈……”

宋至肴现在不仅胸口疼，五脏六腑都疼起来了。

但其实她也没有无良到发朋友圈的地步，只是拍下手机发给许清，让许清帮忙去买个同款。

“再试一次？”

她被暂时的成功冲昏了头脑，甚至直接忽略掉宋至肴的冷脸，跃跃欲试。

成功倒车的成本太高，宋至肴觉得要把这人带出来，寿命至少得折损一半。他看了眼时间，没搭理她，转身就拉开车门上了主驾。

不过今天下午这一系列操作，也确实辛苦了他。程舒窈作为新时代的大好青年，有恩必报，能屈能伸，这会儿屁颠屁颠跑去小卖部买了饮料递给他，好声好气道：“其实我还是有进步的，之前那些失误都是意外……明天！明天我保证稳稳当当，再出差错我头拧下来给你涮火锅吃！”

“谢谢，”宋至肴皮笑肉不笑，“我不吃猪脑。”

程舒窈咬牙瞪着他。

宋至肴接过饮料，仰头灌了一口，又晃晃手里的瓶子，补充道：“幼儿园毕业证也是靠贿赂老师得来的吧？”

程舒窈觉得，这人真的就不配自己跟他好好说话。

等他再喝饮料的时候，她恶从胆边生，鬼使神差地伸手捏了他瓶子一把，水流四溢，然后飞快拉开车门跳上后座。

宋至肴够不到后座，腮帮子紧咬，抖了抖洒在衣服上的水珠，往后看了她一眼，然后猛地一踩油门。

车子轰鸣一声，疾驰而出。

前边就是半坡起步和 S 形弯道。

驾校的小破车被他开出了赛车的感觉，猛地上坡然后再飞奔而下，大幅度转弯经过 S 形弯道，程舒窈坐在后座虽然已经抓紧了安全带，可整个人依然左右疯狂摇晃。

与此同时，让她惊讶又佩服的是，这一圈下来，车速虽然快，但每一项都完全符合科目二的考试操作要求，堪称教科书式示范。

直到车子一路行驶到门口，冯戎摸着小黑的狗头，笑眯眯地过来问她：“练得怎么样了？”

程舒窈顿了下，胃里忽然一阵涌动，然后猛地拉开车门，冲出去——

吐了。

她下午没吃饭，在车上摇摇晃晃待了一天，刚才又被载着狂飙一圈，胃里空荡荡几欲作呕，已经到了极限。

冯戎一脸茫然地跟过来，看看自家外甥，又看看程舒窈。

“你们这是打了一架？”

宋至肴优哉游哉地去拎了水和纸巾过来，程舒窈下意识就伸手去接：“谢谢。”

他却不急不缓地收了回去，摸出已经碎得稀巴烂的手机，故意要笑不笑地装模作样：“遇事不要慌，先拿出手机发条朋友圈……”

程舒窈腹诽道：这就是赤裸裸的报复。

3

许清办事效率很高，当晚出门就买好了同款手机。

倒是程舒窈工作和训练场两头兼顾，这几天忙得脚不沾地，连透个风的工夫都没有。

于是，程舒窈只好挑了周末晚上的空档期约许清过来吃饭，也顺便把手机拿过来。

“姐，救命啊！”一大早，程舒窈正在超市准备晚上要用的食材，周呈韫打过来一个电话，一开口就跟火烧屁股似的鬼哭狼嚎，“我被绑架了！”

“哦，”正专心挑拣蔬菜的程舒窈眼睛都不眨一下地说，“那就撕票吧，让他们做得干净点，挂了。”

“程舒窈！”周呈韫开始哭唧唧，“你冷漠你无情你无理取闹！你连你亲弟弟的命都不要了！你这个女人，蛇蝎心肠……”

“打住，”她转到生鲜区，挑了一小块牛肉，又拿了一盒虾，“你姓周，我姓程，不是亲生的，谢谢。”

周呈韫那边微微一顿，舔了舔嘴唇，挠挠后脑勺，很快又“嘿嘿”一笑：“不是亲生，胜似亲生。姐啊，你快来救救我吧，爸妈把我关起来了，你快来跟他们说，法治社会，非法囚禁是要负法律责任的！”

程舒窈推着购物车继续转悠，懒得接话。

“好吧，”周呈韫讨了个没趣，悻悻道，“姐，我这周约了朋友去蹦极，被爸妈知道了，他们硬是不让我去，说我想不开。”

“这都什么年代了！”他觉得不可思议又委屈，“蹦个极就想不开了？想什么呢？

“姐，你就跟他们说说呗，我这不叫想不开，这是挑战，是正儿八经有安全措施的极限运动，你帮我劝劝他们吧，他们不听我的。”

周呈韫被家里惯得不成样子，活脱脱一个小少爷，这两年又迷上了各种极限运动，时常偷偷摸摸跟同学约着出去找刺激，这次终于被爸妈发现，死活都不许他出门，小少爷简直要急坏了。

程舒窈觉得有点好笑，本想问一句“那你觉得他们会听我的吗”，想想又算了。

“姐——”周大魔王开启撒娇模式，尾音拉得巨长无比，“求你了，你都多久没回家了，今天周末，正好回来一起吃饭好不好？爸妈都还挺想你的，难道你不想见见你英俊帅气又迷人的亲爱的弟弟吗？”

程舒窈被他恶心得打了个寒战：“挂了。”

准确来说，“回家”这个词用得不太妥当。

杨淑莹女士在程舒窈很小的时候就离婚了，然后带着程舒窈再婚，嫁给了现任丈夫，生下周呈韫之后，有些忙不过来，就把程舒窈送去了乡下外婆家养着，直到程舒窈考入大学，才重新回到这座城市。

这么多年下来，其实她们早已经没了母女间的亲近。

倒是周呈韫厚脸皮，总爱往程舒窈那边蹭。

下午三点。

程舒窈左手拎着西瓜，右手拎着打包的食盒，按响了门铃。

门铃刚响，里边就传来一阵乒乒乓乓的声音，紧接着大门呼啦一下被人从里面拉开。

她都还来不及反应，迎面蹿出来一道黑影，兴高采烈地直接扑到了她身上。

“我就知道，我姐人美心善刀子嘴豆腐心！”

周呈韫头发胡乱揉成一团，脸上汗涔涔的，穿了件深蓝色的宽松运动背心和短裤，手里的棒球棒刚刚随手丢到了一边。

程舒窈一脸嫌弃地将人拍开。

他也不在意，嘻嘻一笑，大剌剌地接过她手里的袋子，鼻尖微耸，眼睛瞬间就亮了，跟大狗似的抱着食盒猛嗅，迫不及待地拆开："你店里的肉脯？！姐，我太爱你了！"

程舒窈从小喜欢美食，也确实在这方面挺有天分，后来因缘际会结识了个从美食界退休养老的大神，从此在这条路上越走越远。

毕业那年，她决定开家中餐厅。

规模不大，但扛过最初的运营艰难期之后，名声就越来越响，偶尔还会接一些私宴定制，这两年收益也颇为可观。

周呈韫尤爱吃她煮的东西，心头好是店里的招牌零嘴肉脯。

周鸿饶闻声从书房出来，手里还拿着杂志，他扶了扶眼镜，呵斥周呈韫："周呈韫，手撒开，几岁了还黏姐姐，回头让人笑话你！"

顿了顿，他又侧头笑着招呼程舒窈："快进来坐，热不热？"

周呈韫吐了吐舌头，这才松手。

程舒窈笑着问好："周叔叔。"

周鸿饶点头笑着，走到沙发边，把空调温度又调低些："你妈妈早上还在念叨你呢！"

说着，他转过头去指挥儿子："就知道吃，看你姐想喝什么，倒点水拿点儿水果过来！"

杨淑莹从厨房里出来，嗔怪地看了眼儿子，然后随手倒了杯杧果汁递过来："怎么这会儿过来了？外边正热呢？要不要去洗把脸？"

话音刚落，周呈韫胡乱趿拉着拖鞋，嘴里还叼着肉脯，口齿不清地吱哇乱叫，推开杨淑莹手里的那杯杧果汁，嫌弃道："哎，妈，我姐喝不了这个，杧果过敏，会死人的！"

然后，他从冰箱里拿出苏打水和洗好的水果堆到程舒窈面前，邀功似的说"来，你的最爱，挂了电话就给你冰的，放到现在刚刚好。怎么样，你亲爱的弟弟是不是很贴心？"

他说完，顺便挤眉弄眼地给她递了个眼色，示意她别忘了帮自己游说爸妈解禁出去玩的事情。

周呈韫是个大大咧咧的、心直口快的性子，说完就完了，但程舒窈和杨淑莹之间的气氛就变得有些微妙。

也是，没谁家闺女这么大了，当妈的还连她过敏的事情都不清楚，或者只是单纯地没往心里去，毕竟连周呈韫这个没心没肺的都知道留意。

周鸿饶常年混迹商场，是个人精，察觉到气氛有些不对，他放下手里的杂志，摘掉眼镜，笑呵呵地打圆场："舒窈下午想吃什么？

"阿姨今天请假回家了，不如我们下午包饺子怎么样？也好久没尝尝我们舒窈的手艺了，周叔叔跟呈韫给你们打下手。"

周呈韫惦记出门的事情，哪有这时间留下来包饺子，于是掐着手表递眼色。

程舒窈故意没直接拒绝。

周呈韫惊得嘴里的肉脯都掉了，又龇牙咧嘴地冲她做口型。

"下次吧周叔叔，"她从杨淑莹身上收回视线，笑着跟周鸿饶说道，“我店里下午还有点事情。”

“哎，这事儿我知道，”周呈韫忙不迭举手插话，“就那谁，他老婆生孩子了是吧？姐，我跟你去帮忙啊！”

“人家生孩子你帮什么忙？”杨淑莹睨儿子一眼，“哪儿都别去，老实给我在家待着！”

“那你是不知道啊，”周呈韫手舞足蹈地胡诌，“他老婆生孩子，店里就缺人，我正好顶上，对吧姐？”

然后，他又扭头对着周鸿饶说：“爸，你不是总说我缺乏锻炼吗？这就是啊。”

周鸿饶把他那点儿心思看得透透的，笑笑没说话。

程舒窈接收到周呈韫的眼神，说道：“其实……”

“舒窈，”杨淑莹抿了口水，打断她的话，“你欧阳老师给我打电话了，说诊所那边你已经有几天没去了。”

欧阳恕是杨淑莹的大学师兄，经营着一家颇有名望的牙科诊所，从大学时候起，程舒窈就被安排在这里实习，一直到后来转正。

这是杨淑莹眼里正儿八经又轻松的工作。

但程舒窈的心思根本不在这里，这两年前后也几次提出离职，但每次都被杨淑莹拦下。

眼下又提到这件事，程舒窈沉默片刻，直接摊牌：“妈，我打算辞职了。”

气氛再次陷入冰点。

程舒窈今天过来，杨淑莹就知道她是为了周呈韫的事情。

程舒窈放着体面又轻松的医生不做，非要去折腾满是油烟味的小餐馆不说，现在连带着自家儿子也有样学样，不好好上学，成日里研究花式“送死”。

杨淑莹握着手里的杯子，抿了口水，然后看向程舒窈：“女孩子不就图个稳定？你欧阳老师那里待遇好，环境也不错，专业又对口，哪里不比你累死累活张罗一家小餐馆好？”

“我不喜欢。”

杨淑莹气笑了：“喜欢值几个钱？你上这么多年学，就是为了毕业去下厨房的？”

见她没说话，杨淑莹继续道：“舒窈，从小到大，妈妈什么事情管过你？但是这件事，我告诉你，你必须听我的。”

“妈，”周呈韫见程舒窈神色不悦，上前打圆场说，“我不去了还不行吗？”

杨淑莹没搭理他，把人推开，还想说什么。

程舒窈却突然笑了，抬眼看她，反问道：“从小到大，你什么事情管过我？”

杨淑莹一噎，张了张嘴。

“周叔叔，”没给她再开口的机会，程舒窈起身对着周鸿饶扯出了个笑，告别，“我还有事，下次有机会再请您吃饭。”

周鸿饶欲言又止。

程舒窈已经拎了包往外走。

周呈韫起身往外追：“姐——”

又很快被老妈喊了回去。

外面烈日当空。

时间还早，程舒窈随便找了家奶茶店，点了杯果汁。

其实她一直想缓和自己和杨淑莹之间的关系。

小时候被妈妈送去乡下养着，最开始有不平、有责怪，但其实她过得也挺好。

一群野孩子里就她年纪最小，加上机灵又嘴甜，于是被大家宠着，外公外婆也是个好脾气，对她有求必应。

可毕竟没有谁能代替父母的位置。

即便她嘴上不说，或者装模作样地说讨厌妈妈，但心里多多少少还是渴求妈妈的宠爱。

重新回到这里以后，她给自己做好了思想工作，甚至在杨淑莹给她安排工作的时候，也试着去妥协。

但最后发现，母女俩的人生态度早已背道而驰。比起母爱，杨淑莹对她的控制欲反而更重，总希望女儿事事按照自己的安排去发展。

果汁见底，程舒窈轻轻吐了口气，结账出门。

许清打电话来说自己临时接到通知，要去邻市出个短差，晚上就不去她那儿吃饭了，说让人给她把手机送过去。

程舒窈现在闲着也是闲着，这里距离许清那儿也不远，她索性自己打车过去拿手机，下次练车时再赔给宋至肴。

说曹操曹操到。

程舒窈才从楼上下来，就瞥到马路边上熟悉的车牌号。

车门打开，两个男生从后座上下来了，在跟前边人道别。

那俩人她认识，也是在冯戎手下的学员。

驾驶位车窗开着，宋至肴单手搭在窗沿上，人微微后仰，懒懒地靠着座位，手里的烟头燃到一半时，他露出半个脑袋，弹掉烟灰，漫不经心地冲两个男生摆摆手。

男生又说了句什么，笑嘻嘻地走了。

想来是顺路送学员回家吧。

她打算过去把手机还了，顺便蹭个顺风车。

“咚咚咚——”

程舒窈叩响车窗，丢进去一瓶水：“师傅，银海大道去不去？”

宋至肴瞥到旁边突然冒出来的一颗脑袋，扑哧笑了，他恶趣味地顺势伸手按住她的头移开，另一只手掐灭烟头，冷漠道：“不载蠢蛋，怕低智商传染！”

程舒窈翻了个白眼。

反正没说不去，先上车再说。

外面热得厉害，她直接拉开后座车门一屁股坐了进去。

结果这边还没坐稳，就有一个女人噔噔噔地踩着高跟鞋，熟门熟路地拉开副驾驶门上车：“至肴，我……”

话说到一半，她跟后座的程舒窈面面相觑，两人都是一愣。

程舒窈也有一丝丝尴尬，没想到他在这里其实是等人的。

“你朋友啊？”方宓宁问。

宋至肴没回答方宓宁的问题，只是喝了口水，顺着她的视线瞥了眼程舒窈：“你继续说。”

方宓宁眼底顿时浮现出一丝丝警惕，她转头看向宋至肴，撇了撇嘴：“能单独聊聊吗？”

当然可以！

程舒窈的目光在宋至肴和副驾的漂亮女生身上打量一番，心里大致有了个揣测。

她只是想蹭个顺风车而已，还没有厚脸皮到非要在这里当电灯泡。

于是，她很有眼力见儿地立马下车：“那我就先走啦，回见。”

说完，她就撤了，经过前边车窗的时候，还冲宋至肴眨巴眨巴眼，悄无声息地用眼神指了指他旁边的女生，悄悄比画了个“加油”的手势。

不等对方开口，她嘻嘻一笑，拔腿先溜。

车里。

方宓宁坐在副驾驶位上，偏过头去看宋至肴。

自年幼时分开到现在，算起来也差不多有十多年了。

小男孩已经长成男人模样，身形挺立，五官轮廓硬朗，虽然还和从前一样有种对什么事情都无所谓的疏离懒散感觉，但几经锤炼，他骨子里好像又多了些沉稳和硬气。

是跟徐子启完全不一样类型的人，也更吸引人。

她看着心里微微有些荡漾。

见她半天不说话，宋至肴转头问道：“什么事？”

想到什么，他忽然笑笑，掀眼看她：“别是徐子启让你来给我送喜帖的吧？”

三个人小时候时常一起玩，方宓宁是个娇气小公主，他懒得伺候，也不怎么爱跟这些成日里抱着芭比娃娃的小姑娘玩，所以方宓宁也就只跟徐子启走得近些。

而且那俩人有个娃娃亲，徐子启去哪里，也总带着这个“小未婚妻”。

时间久了，大家自然也都挺熟。

所以，早上方宓宁说有事约他碰一面的时候，他也没拒绝。

“宋至肴！”方宓宁嗔怒道，“那都是大人们随口说的，不作数，我跟徐子启没关系，都不许当真，不许拿这个说我！”

可他看徐子启倒是挺当真的，从小到大都跟供祖宗似的伺候方宓宁。

他也就是随口一问，没多大兴趣，于是淡淡点头，“嗯”了一声。

“你现在在帮舅舅做驾校招生？”

方宓宁环视车内布置，她听徐子启提过两句，见宋至肴不置可否，眼睛一亮：“那你来跟徐子启一起啊，亲兄弟上阵不是很好吗？你有什么需求都可以跟他提。”

有什么需求都可以提？

还真是不是一家人不进一家门，她跟徐子启那货讲话都是一模一样的。

他在心里笑笑，侧头挑眉：“是徐子启让你来做说客的？”

“也不是，”方宓宁有点脸热，“我就是想着……”

她揪着挂在手腕上的小方包的带子：“就是想着既然你回来了，那些坏人现在也都没了，我们三个以后还可以一起啊，不是挺好？”

她刚说完，就很快意识到自己说错话了，立马闭嘴去看宋至肴。

他微微侧着脑袋，还是保持斜倚在座位上的姿势，面上没什么多余的表情。

她偷偷松了口气。

过去这么多年了，以前的事情他应该也都已经放下了吧。

她想。

“行了，”宋至肴也没提别的事情，只说，“这事儿没你想的那么容易，别听徐子启成天跟你扯那些没用的，让他自己好好干，你也是，帮着他一起。”

他语气平淡，甚至还带点说笑的轻松，这话也没什么毛病。

但方宓宁听着心里发紧，说不出什么感觉，就好像……好像他压根儿没把自己往这些朋友里划，跟交代后事似的，身上有种颓败劲儿。

她还想再问两句，他已经开始发动车子：“没别的事儿了？”

这是下逐客令了。

她很快拿出手机，打开微信页面：“那你现在都回来了，总得留个微信给我吧？”

他被带去部队以后，就跟除了徐子启以外的朋友基本上都断了联系。

方宓宁看着面前的人，那点儿小心思又忍不住悄悄冒头。

宋至肴只淡淡地扫了她一眼。

她感觉对方好像能看穿她的心思一样，有些心虚地挪开了视线。

下一秒，他拿出手机递到她面前。

方宓宁小小地激动了下，可就在低头看见手机的那一瞬间，脸上的笑容瞬间没了踪影。

他手里捏着只很老式的、连她奶奶都不用了的那种古董手机。

对，没错，屏幕都只有黑白的，按键式的，当年号称能拿来砸核桃的老牌子。

偏偏他还一脸自然地解释了句："这玩意儿玩不了微信。"

话音刚落，车窗外忽然探进来一双葱白的手，丢了一个新手机盒子到他怀里。

"宋至肴，帮你买了个新手机。"

程舒窈也是刚打上车，才忽然想到自己过来这一遭是为了给宋至肴送手机的，于是折返回来。

结果刚说完话，她就发现车里两个人忽然同时看向她。

宋至肴愣愣地看着她。

我真是谢谢你哦。

程舒窈最后还是坐上了宋至肴的车。回程路上，她一直忘不了那姑娘临走前深深看她的那一眼。

这就搞得她有点心虚，在后座跟个猴子似的半天安分不下来，偏偏心里又忍不住有点好奇，她挠挠鼻尖，小声问道："那什么……宋教练，刚刚那个是你女朋友啊？我是不是打扰到你们了？"

宋至肴从后视镜瞥她，要笑不笑地说："你说呢？"

啧，难得你这狗脾气还能有个女朋友，那被我打扰到了，确实还挺不好的。

程舒窈想。

"宋教练，"她肚子里那点儿八卦之火开始冒火星子，"你这样是娶不到老婆的，要不你跟我说说，兴许人美心善机灵可爱的我一时大发慈悲，看在你帮我加训的分儿上，能帮你出出主意呢？"

"用你那五成的智商？"他嗤笑一声。

程舒窈发现这人真的就长在了她的爆炸点上，总有办法一句话点燃她的怒火。

Chapter 02
笨鸟先飞

/ 免费给你开小灶，去不去？ /

1

程舒窈不想跟他搭话了。

到了目的地，道了声谢，她就下车转身直接刷卡进门了，头都没回。

宋至肴盯着她，忽然笑了下。

直到进了电梯，程舒窈才发现里边站着个熟悉的身影，人高马大的，气场卓然，很是惹眼。她装作没看见，按了楼层。

可是没想到等她下电梯，那人也紧跟着自己出来了。

她皱眉。

她住的这栋是小户型公寓楼，每层两户，她在这里住了六年多，对面一直没有人住，据说业主是个富二代，早年本来想把房子卖出去的，几次没谈拢，后来索性就放这儿了。

总之，程舒窈觉得怎么也不像是跟这人能沾上边的。

那就只剩一种可能。

程舒窈终于忍无可忍，质问道：“你跟踪我？”

“我跟踪你？”宋至肴挑眉瞥了她一眼，似有所察，又把钥匙串在她面前晃了晃，语气嘲讽地说，“回头换个地方再测一遍智商？”

这个梗过不去了是不是？

程舒窈就很气：“你就不能换一句？”

“换一句，你这个智商消化得了？”

她气鼓鼓地踢了门一脚，不再看他，扭头开门时手上动作加快，钥匙甩得哗啦作响。

宋至肴嗤了声，就像跟她过不去似的，先抢着开了门。

然后，俩人同时回头，面无表情地睨了对方一眼，同时进门，再同时“砰”的一声关上大门。

在驾校训练场受这人的攻击也就算了，现在还要住对面，以后抬头不见低头见的，想到他那臭脾气，程舒窈瞬间觉得空气都稀薄了。

怎么形容呢？

就好像数学学得最差，然后有一天醒来，发现数学老师住你家对门了。

她倒宁愿他是跟踪自己。

程舒窈对着门，龇牙咧嘴地举了举拳头。

熟睡的霸王龙被吵醒，这家伙起床气很重，冲她哈着气不满地

“喵呜”一声，然后翻个白眼，纵身一跃踩着架子一路跳上了空调。

没良心。

她同样狠狠瞪回去，小声嘀咕着，然后进了卫生间洗手。

下午没吃饭，这会儿肚子还真的饿了。

早上给许清准备的食材还没用，她挽起袖子，打算给自己煮顿好吃的平复心情，然后就看见那只死胖子不知道什么时候从猫砂盆里钻了出来，一眨眼的工夫跳进了她的锅里。

你完了。

与此同时，宋至肴回到房间，脱掉T恤后随手丢进洗衣机里，进卫生间冲了个凉水澡，出来随便套了件衣服就坐在沙发上，把电话卡拔出来换到新手机里。

他才开了机，充电器都还没来得及连上，一个本地号码就打了进来。

他眼皮一跳，按下接听键放在耳边：“舅妈？”

“还知道我是你舅妈？”那边冷冰冰道。

蒋女士讲话一直这样，刀子嘴豆腐心，这些年其实没少替他操心，早前他爸妈留给他的那些钱也都由她一手打理操持。

他习惯她这个脾气了。

“出息了？回来几天了，怎么不回家住？只认识你舅舅，没把我这个舅妈放在眼里？”

“哪儿能呢？”宋至肴抬手搓着眉骨，笑着，“我这不是想着打点妥当了，找个好日子过去看您吗？”

那边哼了一声，但他听得出来，她语气明显软了很多，前前后后问他受伤情况什么的。

人上了年纪，难免唠叨，蒋女士也不例外。

他眼底闪过温情，不知道想到什么人，有片刻失神，但又很快恢复。

七零八碎的事情倒是闲聊了大半个小时，多是他听着，那边在讲，不过舅妈只字没提他这次休长假的原因，只轻不可闻地叹了口气："过去的事情都过去了，命是你自己的，惜着点。"

他没吭声，她也没再说下去。

"别瞎折腾，就跟你舅舅那儿待着，家里床单被褥我都给你换洗过了，"临挂电话，她说，"回家吃饭，舅妈给你炖汤。"

"知道了，舅妈。"他笑笑应好。

电话挂断，宋至肴脸上的笑意才冷了下来，仰头斜斜躺在沙发上。

很多画面在脑海里像走马灯似的一股脑儿掠过，他头痛欲裂，太阳穴像要炸开了似的，胀痛得厉害。

他从桌上烟盒里抽了根烟，咬在嘴里，单手点燃，然后猛吸一口，再缓缓吐出来。

不知道过了多久才觉得好了些，但精神越发疲惫，宋至肴按灭了烟蒂，随便就着这个姿势侧躺在沙发上，闭上眼睛，意识渐渐涣散。

暗红色的血迹在地板上缓缓蔓延开来，映着白皙的灯光，越发显得刺眼。

女人倒在地上，浑身是血，身边男人耗尽最后的力气，半跪在地上，一手还抓着手铐，眼里满是倔强与固执，却一句话都说不出来，只是胸口起伏，费力地喘着粗气。

他对面的男人在笑，把玩着手里的水果刀，居高临下地看着他。

好像在说什么，但是听不清楚。

像被静了音，只听到滴滴答答的，不知道是卫生间里的水龙头没关紧，还是对面那个男人刀刃上的血滴声。

然后很轻微的一声响。

刀口没入皮肉，血流汩汩。

那个人在笑，嘲讽又不屑。

而宋至肴躲在狭小的空间里，像被人扼住了喉咙似的，张着嘴巴，却怎么都发不出声音，只能眼睁睁看着对方吹着口哨堂而皇之地离开，地板上的手铐浸在血渍中……

“哐当”一声重响，紧接着是锅碗瓢盆接连倒落在地的混乱声响。

宋至肴皱眉，缓缓睁开沉重的眼皮，入目是天花板，窗户没关，外面天色已经变黑，还下了雨，滴滴答答地飘在落地窗玻璃上。

风从窗户缝隙中涌进来，吹得窗帘飘飘忽忽。

他大脑一片混乱，好半天缓不过神来，分不清身处何地，整个人是麻木的，脑袋钝痛。

对面又是一阵鸡飞狗跳，这里隔音效果不太好，隐约能听见对方气势汹汹的斥责，然后是打鸡蛋的搅拌声，还有各种食物的香味飘过来。

意识渐渐清明回笼，他好像又重新回到这个真实的世界。

他闭了闭眼，从沙发上坐起身来，才后知后觉地发现手心、背后早已被汗水濡湿，潮乎乎一片。

对面还在叮叮咚咚响个不停，吵得他头疼。

他严重怀疑程舒窈是不是搞了支拆迁队回来报复他。在沙发上坐了一会儿，那边动静还不见停歇，他想打电话给物业，刚拿起手机又丢到沙发上，起身开了门出去。

“砰砰砰——”

大门被砸响的时候，程舒窈刚把虾仁放到锅里，刺啦作响，香味四溢。

她有条不紊地处理其他配料。

霸王龙耸动鼻尖，正盯着水里的活鱼两眼放光，趁程舒窈不注意，两只爪子在危险的边缘疯狂试探。

程舒窈发现后，眼疾手快地一把把鱼抢过来丢在案板上，三下五除二开膛破肚丢进水里清洗，顺便张牙舞爪地斥走了霸王龙。

后者则声东击西，叼起旁边一根酥肉条撒腿就跑，匆忙中再次带倒书架上的一堆奖杯，引发多米诺效应，现场一片狼藉。

可程舒窈已经听见了拍门声，也顾不上这些，她关掉火，低头用牙齿扯掉手套，腾出手去开门。

乍一开门，程舒窈吓了一跳。

门口来人穿着宽松的居家T恤，脸色煞白煞白的，下颌线紧绷，额前碎发被汗水浸湿，又被胡乱抓过，乱蓬蓬的，衬得人有些懒散，但浑身上下又满是防备和不耐烦，仿佛下一秒就要冲过来把她打一顿似的。

程舒窈呵斥自家蓝胖子的那点儿气势瞬间蔫了，她抓着门把手，打量他，问道："你没事吧？"

不知道是在煮什么东西，一开门食物的香味扑鼻而来。

久违的人间烟火气。

宋至肴心里忽然微动，从刚才那些混乱梦境里的失重感中回过神来，有了点脚踏实地的真实感。

目光落在门内的人身上。

她系了件粉白相间的卡通围裙，头发随手绑在脑后，露出光洁的额头，再往下——

手里寒光闪烁的菜刀上还沾着不明红色液体，"啪嗒"滴在地板上。

煮个饭竟然能搞出凶案现场的惊悚架势。

还真行。

他下意识地就想怼她两句，话还没出口，一坨灰蓝色的不明物体突然嗖地从内间猛蹿出来，一跃而起跳上玄关柜，然后顺势扒拉着他的衣襟直奔肩膀。

夏天衣服单薄，小爪子划拉过胸口，他都能感觉到细微的刺痛感。

宋至肴反应很快，抬手毫不费力地一把将这玩意儿按住。

对方委委屈屈地"喵呜"一声。

与此同时，程舒窈往前两步，呵斥：“霸……”

“闺女，”宋至肴略一扬眉，似乎有些诧异，但接得倒是很快，看似斥责实则戏谑道，“别乱攀关系。”

我有一句脏话不知当讲不当讲。

但半分钟前他那副低气压的暴戾模样还在她脑海里挥之不去，她生怕撞上他心情不好，一怒之下，连猫带主人全部打趴下。

于是，程舒窈只好作罢，好声好气地冲着霸王龙递眼色：“快回来。”

偏偏那只没良心的猫，骨碌碌转转眼睛，冲她翻了个白眼，反而还往后退了退，十分狗腿地趴在宋至肴肩膀上，乖乖巧巧，还蹭过去舔了下他的耳朵，像控诉似的又“喵呜”了声，一副柔弱的模样，跟平时在家里上蹿下跳的那只土匪简直判若两猫。

色欲熏心的东西！

她瞪着它，咬牙，怒其不争。

一团小肉垫踩在肩膀上，温热又柔软。

宋至肴看着一人一猫的样子，感觉像是抓到了她的什么把柄，忍不住笑了，然后抬手把肩膀上的蓝胖子提了下来。

老母亲程舒窈眼巴巴地盯着自家崽子被他拎着，一动不动的：“哎哎哎，你温柔点儿！”

宋至肴看着她。

她瞬间就蔫了，扯出个很是虚伪的假笑，语气温和了好几个度：“我的意思是，关爱动物，人人有责。”

宋至肴没理她，把蓝胖子拎到眼前同它对视，仔细打量了几眼，后者粉红色的小舌头还在嘴角露了一点点。

他再偏头去看望眼欲穿的程舒窈，然后笑着拎着蓝胖子往回走。

程舒窈手忙脚乱地跟上：“宋……”

前面的人猛地停下来，她一不留神直接撞了上去，赶紧捂着鼻子，酸痛劲儿很快就上来了，害得她忍不住直掉眼泪。

“你是铁打的吗？”她闷声闷气地嘀咕。

“你是豆腐做的吗？”他瞥她两眼，确定没事，回嘴道。

程舒窈嘴上这么说着，手上动作却不停，赶在他进门前想伸手去抢猫，后者一手拎猫，一手拎住她的后颈。

“以后安静点！”他朝猫抬抬下巴，然后扬唇轻哂，没来由地就透出几分威胁的味道，“不然，你懂吧？”

他刻意停顿了两秒，然后道：“闺女。”

程舒窈一口银牙咬得稀碎。

可还不等她发作，下一秒，“砰”的一声门响。

蓝胖子被带走，她被丢在外面了。

她盯着近在咫尺的门板，后知后觉地怀疑这人压根儿就是看上了她的猫！

日本豆腐从中间划开，切厚片，上淀粉，入锅煎，待两面金黄，调酱汁加入。

香味越发浓郁。

出锅，重新爆香蒜姜末，加入肉末翻炒，然后是辣椒、豆瓣酱、酱油，再下虾球，成品加葱花装饰……

中途，欧阳恕打了个电话过来，话里话外无非就是连带着提起她跟妈妈争执的事情，委婉地劝了两句。

想来是受杨淑莹之托。

大道理谁都懂，但事情落在自己头上时，总做不到绝对理智。

欧阳恕也知道，只是早年欠过小师妹的人情，又是真的喜欢程舒窈这孩子，所以私心里也确实希望她能留在诊所。

程舒窈手上动作没停，看着锅里咕噜翻滚的鱼羹，侧头在调料架上拿了麻油和盐放进去，乖乖应了两句。

欧阳恕又轻叹口气，笑了，说自己把话带到，任务已经完成。

“虽然我有私心，但是舒窈，”他说，“人活一辈子，到底还是图个自己无悔。所以我也希望你不要受任何人的影响，跟着你的心，做你真正觉得值得的事情。人生这么多条路，每一个选择都没有对错之分。”

“我知道了，”程舒窈吸了口气，知道这是出于他个人的真实想法，也真心道，“谢谢欧阳老师。”

如杨淑莹所说，安稳在诊所工作要比自己承担风险经营生意容易且舒坦许多。

她不是不明白，也不是对自己的选择不坚定。虽然她不愿意承认，但心里总归还是想要得到妈妈的鼓励和认可。

她被丢在乡下那么些年，过得也还好，可要说真的毫无芥蒂，也不可能。

旁边烤箱“叮”的一声响，打断了她的思绪。

紫薯流心酥出炉。

鼻尖全是香甜的味道，她回过神来，装盘，连带着跟其他几道菜一起摆上桌，又放了个综艺节目，然后才坐在餐桌前开始吃饭。

没有霸王龙捣乱，她这些天第一次吃了顿安稳饭。

食物有抚慰人心、让人平静的能力，酒足饭饱，连带着心情都好了起来。

她打扫完卫生，坐着刷了一会儿科目二的考试视频，伸手撸猫抓了个空的时候，又忍不住有点想蓝胖子，连带着想到今天开门的时候，看到的那张毫无血色的脸。

万一他生病凉在家里了，她岂不是没教练了?

再说，自家崽还在人家手里……她还挺不放心。

但这会儿过去要猫，她又不太敢，思来想去，目光落在厨房。

本来是准备跟许清两个人吃的，但许清没来，就她一个人，也没吃完……

宋至肴刚拉开门，就探进来一颗毛茸茸的脑袋，声音响亮。

“教练好！”

说是这么说，但那人眼睛却直接绕过他，往里边搜寻了一圈。

“我不是教练。”他故意装作不经意侧身，挡住她的视线，抱臂好整以暇地看着她。

“不，一日为师……”

“嗯？”

话说到一半，她及时改口：“终生为师。”

“您虽然不是教练，但胜似教练，”程舒窈瞎话张口就来，笑嘻嘻地把手里的食盒递给他，眼睛还在往里边瞟，“我做了吃的，这是孝敬您的，您吃好喝好。感谢国家，感谢社会，感谢您这么优质的教练，要不……”还是先把崽还我？

“我不吃。”

很好，够冷漠，够无情。

程舒窈的笑脸快维持不下去了：“那什么，毛茸茸的东西不符合您这种硬汉气质，要不……”

“你想说什么？”他靠着门看她。

“你就把猫还给我吧，”程舒窈烦躁地抓抓头发，举手发誓，“我保证我们俩以后都不出声。”

宋至肴没说话，直起身子作势要关门。

程舒窈眼疾手快卡住门，不管三七二十一，把手里的食盒递进去放在柜子上：“还是热的，尽快吃，凉了影响口感啊。”

“拿走我不吃。”

“给您放这儿了。”

她眼睛一转，趿拉着拖鞋哒哒哒跑回去，没一会儿工夫，左手猫砂盆，右手猫粮碗，下巴还夹着两只玩具小球，“哐当”直接丢他面前：“那就麻烦教练了。

“教练拜拜，教练晚安，教练好梦。”

然后，她一溜烟儿走了。

留下宋至肴一个人对着空荡荡的走廊，再低头看看面前的一堆破烂玩意儿。

某只蓝胖子见人走了，才从床底下钻出来，用脑袋蹭蹭他的裤腿，小短腿扒拉小球，一双圆滚滚的大眼睛巴巴地盯着他。

宋至肴忽然觉得好像玩脱了，给自己找了个麻烦。

他折身安顿好猫，又去冲了个澡，出来看见柜子上的食盒。

真的有些饿了。

他找到手机，随便叫了个外卖。

但蓝胖子倒先循着味道去挠柜子上的吃食了，发出一阵刺啦刺啦的响声。

他丢下手里的书，过去把猫拎走，倒了半碗猫粮给它，然后看见透明玻璃盒里边色泽勾人的食物。

孜然牛肉土豆、茄汁日本豆腐、鱼香虾球、干锅鸡、白玉鱼羹、紫薯流心酥。

都是一人份，分别装在玻璃盒中，连饭后小甜点都安排得妥妥当当。

他倒是不知道这些具体菜名，只是看着觉得很有食欲。

部队上也有专门的食堂阿姨煮饭，虽然没那么多花样，每餐都是简单的菜色，但保证营养搭配均衡。他本来就不是重口欲的人，随便吃吃填饱肚子就成，没那么些讲究。

他把东西放在桌上，打开手机，默默等着自己的外卖。

他撸了两把霸王龙，见后者眼馋地盯着食盒。

其实也不是很饿。

他把东西移远了一点，然后继续看书。

不饿。

然后再看一眼外卖配送时间。

不饿。

然后，他接到徐子启的邀请，玩了一把游戏。

不饿。

……

半个小时之后。

桌上外卖和饭盒并列，前者原封不动，后者一滴不剩。

一人一猫满足地窝在沙发上，微博正在推送土味小视频广告，剧情中，男人顶着头杀马特发型，从床上爬起来，口嫌体直地感叹：“这女人竟该死的甜美。”

他头皮一麻，揉揉鼻尖，莫名感觉自己被内涵了。

想了想，他转身又抓起手机定了个闹钟。

2

笨鸟先飞。

同时也为了不再给宋至肴拿捏自己把柄的机会，程舒窈抱着平板电脑研究了半晚上视频，把科目二几个项目的理论技巧都背了个滚瓜烂熟。

临睡前，她又惦记着霸王龙，翻来覆去折腾到很晚才睡着。

第二天，闹钟还没响，她就先被一阵粗鲁的拍门声吵醒了。

程舒窈有点起床气，特别是在瞥见外面天都还没亮透的时候，那点儿怒火瞬间翻倍，直冲天灵盖儿。

然后，她顶着乱糟糟的头发，趿拉着拖鞋，神志不清地往外

“游荡”。

等到看清门外的身影时，她终于忍不住爆发：“宋至肴，你有病吧？！”

她骂完扭头就要回去继续补觉，没想到却被人从后边一把拽住衣领。

“训练场，”声音从头顶落下来，“免费给你开小灶加训，去不去？”

“不去！”

她是真的没睡醒，嘴巴比脑子反应快，甩上门才反应过来，人顿时清醒了。

等一下，加训？！

她又飞速折回去，猛地拉开门：“去去去！”

吃人嘴软，拿人手短。

宋至肴看在昨天晚餐的分儿上，特意起了个早给她额外加训，没想到冷不丁吃了个闭门羹。

直到压着耐心，面无表情地看着这姑娘去而复返，他脸色才稍微好看了些，然后把洗干净的食盒还给她。

程舒窈还挺意外，虽然自己昨天是死缠烂打强行送的餐，但按照他这个脾气，她也没觉得他真的会吃。

于是，她顿住脚，饶有兴致地盯着他看，故意调侃：“好吃吗？”

宋至肴学着她微笑，然后默默地举起一只手，提醒道：“五分钟。”

她嘴角抽搐。

行，你厉害。

夏季天要亮得稍微早些。

但即使这样，到训练场时，天空还是将亮未亮，隐约还点着几颗星子，透过远处层叠的树林枝丫，隐隐可以看到东边有霞光晕染。

宋至肴跟门卫熟识，打了个招呼就直接开车进来了。

程舒窈打着哈欠从车上下来，被清晨的凉风一吹，瞌睡瞬间就醒了一大半。

此时此刻，此情此景，她很想拍个照片发朋友圈：

“你们见过清晨五点的星星吗？我见过，还见过清晨五点的训练场，清晨五点的发动机，清晨五点的魔鬼教练拍门服务。”

但是！

她看了眼停好车，正往副驾驶上去的宋教练。

——发是不敢发的，也就只敢想想。

“程舒窈。”宋至肴从车窗探出头来。

“在！”她回神，飞快应道。

“你会魔法？”

“啊？”

“那你站那儿，是打算用意念指挥让车自己启动？”

程舒窈不敢继续感受清晨五点的星星了，她揉揉头发，深深吸了一口气，上车。

还是倒车入库练习。

宋至肴往身边瞥了一眼，把车钥匙丢过去：“准备好了？”

程舒窈很郑重地点头。

她就不信邪了，这世上除了养不活宠物这件事以外，还能有她这种天才少女干不成的事儿！

宋至肴看她这一脸凝重，仿佛要去打仗的表情，忽然觉得有点好笑，但他也没多说，只是坐在副驾上提醒：“安全带，调整后视镜、座椅位置，挂一挡，打转向灯，准备出库。”

按理说，有前面几次的教学，基础操作应该没有问题了，但是碍于这位学员之前的种种“优秀表现”，他实在没法放心。

“看见没？”

他屈指敲敲置物架，指向前边：“车头引擎盖等会儿刚盖住库对面的边线，或者从后视镜看车后轮出库角的时候，就向右打死——”

他现在还记得她之前闹过的乌龙，沉了沉气，强调道：“打死方向盘。”

“好的。”程式乖巧回答。

顿了顿，她目光落在他手机上：“还……放吗？”

一记冷冷的眼神之后，程舒窈老实闭嘴了。

宋至肴继续说道：“等车身与左边线平行，就回正方向，一直往前开，直到车头越过前边黄线，也就是科目二考试中的感应线，你就踩刹车停车，明白？”

“明白！”程舒窈昨晚下了苦功夫，今天还是很有信心的，主动抢答，“然后挂倒挡入库，缓慢倒车，观察左边感应线与车窗的交点，或者看后视镜下沿与前感应线的距离，往右打死方向盘，继续倒车，注意右后镜库角与车身的距离……”

“行，”宋至肴打断她背书，松开副刹车，“走。”

“好嘞！”

话音刚落，车子“砰”的一声，同时剧烈抖动，然后——

熄火了。

宋至肴看向没松开的手刹，凉凉道：“你知道边牧吧？”

“嗯？”

“我听说它的智商相当于七八岁小孩，你要是跟它比赛的话，你猜谁能赢？”

程舒窈听出来了，这是骂她狗都不如呢！

练车就练车，他是敌敌畏喂大的啊？嘴巴这么毒？

“上天是公平的，”她索性破罐子破摔，手上动作没停，回正车身，打量左边距离，然后停车，用力猛挂倒挡，准备倒车，“给了我美貌，就总得咬一口我的小脑吧？不然我太完美了，不得让你这样的人自卑？”

宋至肴冷漠地把视线从车窗外收回来，偏过头看她。

“对不起，我错了。”

她认错倒是很快，嘴快一时爽，毕竟人家好心早起免费给自己加训，她怎么都不占理的，更何况往后来日方长……做人还得留一线。

“我不完美，你最完美，你优雅懂事善良坚强勇敢义气智慧大度，是世界颜值的标杆，青春漫画里走出来的男主角，万千科学家穷尽一生也无法用科学道理解释出来的绝世帅气。”

微笑。

宋至肴：“过来点儿！”

程舒窈狐疑地瞟他。

我不！

见车子缓缓往后滑行，他皱眉，扬声催促道：“听不见？让你过来！”

开车呢，讲话就讲话，别动手啊。

她悄悄看他一眼，有点慌，然后脚下轻点刹车，速度再放慢了些，然后犹犹豫豫地……

宋至肴从车窗探出头去，眼看着车身距右边线越来越近，直到车后轮压线，气不打一处来，回头大声说：“程舒窈，你脑子……”

他蓦地一转头，冷不防看见了歪着脖子把整颗脑袋靠过来、近在咫尺的程舒窈。

早上赶时间，她今天没化妆，明眸皓齿，眼尾处的一颗小泪痣清晰可见，往下是细白的脖颈。

宋至肴喉结微动，错开视线，吼到一半的话突然就消了声。

“让我过来干什么？”

程舒窈依言往他那边靠，还紧张兮兮地盯着后视镜，留意车子方向，调整方向盘。

虽然车身早已经歪到了十万八千里之外。

她半天调整不好，又以为他让她凑到他的角度看距离，见他半天不出声，不由得有些火急火燎：“宋……”

然后“咚”的一声，她脑袋磕在他下巴上，与此同时，车身一歪，后轮掉进了台阶下。

宋至肴一脚将副刹车踩死，两个人面面相觑。

他彻底没脾气了。

程舒窈捂着额头，又有点心虚，嘀咕：“不是你让我过来的吗？”

我让你车子过来没让你人过来。

宋至肴长叹一口气，闭了闭眼睛：“你确定不是对面驾校派来的吗？”

“要不我退报名费给你吧，祖宗？”

有那么一瞬间，程舒窈也真心实意地怀疑自己小脑真的不发达。

“加油，”他连冷漠的表情都绷不住了，抹了把下巴，眯着眼睛睨她，“换下一个项目。”

“好的，谢谢。”依然是程式乖巧回答。

宋至肴露出一个死亡微笑：“不客气……我说的是踩油门。”

七点半，冯戎光着膀子，捞着保温杯慢慢悠悠地从门口晃过来。

老远看见程舒窈，他用力吸了最后一口烟，低头踩灭，然后把大背心套上，边走边笑：“闺女，练咋样啊？”

“倍儿好！”程舒窈学着他的语气脆生生接话。

她嘴巴甜，这些天跟冯戎也混熟了，知道这人看着五大三粗的，其实人很好，手下学员都安排得妥妥当当，他的学员在这片驾校的通过率也最高。

知道同一批里她练车手感最差，就算当面调侃归调侃，也还特意嘱咐了宋至肴帮她加练。

程舒窈从车后座拿了提前买的饮料，蹦蹦跳跳给他递过去。

冯戎接过来，笑着：“哟，瞧都快给你美出鼻涕泡了。

“是这么着啊，我寻思着，你要是觉得也练得差不多了，下次考试我就给你们都把名报上了，都是年轻人，我知道，你们都个顶个儿的聪明，咱们速战速决，争取都一次性通过喽！”

这番豪言壮志一出，程舒窈的表情立马凝滞，开饮料的手也微微颤抖，她下意识地就往宋至肴那边瞥。

后者刚仰头灌了半瓶水，对上她的视线，若无其事地移开，不动声色地扯扯嘴角，又露出那种冷嘲热讽的神之蔑视。

“这事儿吧，”程舒窈挠挠耳朵，只好跟冯戎道，“其实也不着急，我还想跟着您多学些呢！”

“闺女，叔跟你说啊，开车这玩意儿呢，还是得上路，总搁这训练场上，不好使！”冯戎语重心长道，然后话锋一转，又开始了，“想当年我们学车那会儿啊……”

冯戎侃得热血沸腾，程舒窈咬着饮料瓶口，想到网上有人说自己只练了两天车就通过了考试的事情，也有点跃跃欲试。

她悄悄挪到宋至肴身边，小声试探着问道：“你说，我这水平，敢报吗？”

宋至肴接完电话，低头把手里的矿泉水盖子盖上，似乎轻嗤了声，轻飘飘道：“报啊。”

很稀松平常的语气，可她听着，再搭配上他那副表情，就很欠揍。

程舒窈觉得他们可能生来八字相克，注定没法和平共处，她一张口就控制不住要回损他两句，可还没来得及说话——

“走啊！”冯戎跟过来串场子的老李笑着互捶，然后扭头看过来，催促，“把车往S弯道那边开，上道练车了，你俩搁那儿干啥呢？”

“报告教练！”程舒窈脑子一抽，看了眼懒散看热闹的宋至肴，鬼使神差道，“他让我抱他！”

冯戎一口茶水“扑哧”喷了出来，不可思议地看向自家外甥。

那眼神仿佛在看一个畜生。

程舒窈撇开头，懊恼地揉了揉脑袋，有点后悔自己嘴快。

当事人倒是没什么反应，靠在车边，低头把玩着手机，片刻之后才漫不经心地抬眼看她，不置可否。

但按照她对这人的了解，就不会有他善罢甘休的时候。

“舒窈姐！”有人小跑着过来，远远地兴高采烈打招呼，“教练好。”

是一起报名的学弟江回，他得知程舒窈是他直系学姐之后，明显更热络了，三天两头就往她跟前凑。

程舒窈在许清的鼓动下，也没拒绝，试图要体验一把年下的快乐。

所以这会儿看人来了，她也只好强行越过刚才的话题，转头跟人笑眯眯地打了个招呼。

江回倒是很敏锐地察觉到气氛不太对，视线往面前俩人身上扫了一圈，又看了眼还没熄火的车子，嘿嘿一笑，随口找话题缓和气氛：“学姐来得挺早啊，还有加练待遇，下次带上我呗！”

“不……”

“那可不行，”宋至肴抢在她前面开口，然后笑笑，“程舒窈。”

程舒窈顿时头皮发麻，有种强烈的不好的预感。

宋至肴装模作样地走到她面前，然后稍稍张开双臂，似乎有意压低声音，又刚好能让旁边的小学弟听到：“还抱吗？”

程舒窈咬牙切齿，却不忘去留意旁边小学弟的表情。

后者红了耳朵，尴尬又愧疚，满脸写着“对不起打扰了”，甚至还有一丝丝不安。

程舒窈泪流满面地开始替自己默哀。

她的年下快乐，没了。

可怜的冯教练全场最蒙，小小的眼睛里充满着大大的疑惑，他近乎僵硬地抹掉下巴的水渍，连带着脸上的疤痕都微微抽搐了下。

然后，他开始一本正经地琢磨自己根正苗红不近人情的外甥，到底是怎么在自己眼皮子下突然变禽兽了的。

“那什么，”他好半天才找回自己的声音，佯装发怒地翻通讯录，顺便招呼这边几个人，“练车练车，这都几点了，那谁来着，怎么还没到？”

“人我还你了，”宋至肴收敛神色，直起身子，伸手探进车窗拎走外套，跟冯戎说，“我还有事，就先撤了。”

“哎，干啥去？那小程你不管了？”冯戎紧跟着追上两步。

宋至肴脚步停顿，偏过头眯眼看她，嗤了声，若有所指地说：“心脏不好，遭不住，出去缓会儿。”

话一出口，冯戎跟小学弟对视一眼，双双吞了口口水。

冯戎：我老冯怎么还有做月老的天赋？

小学弟：这情话暴击加彩虹屁，不动声色地鼓吹妹子的魅力，学到了学到了。

只有程舒窈知道，这人只是单纯且真心实意嫌弃她的车技和智商。

不过，她回想了一下早上的惊险训练。

别说宋至肴这种暴脾气，她自己都有点遭不住了。

想到这里，她又忍不住哀叹一声，默默走向冯戎：“走吧，练车，辛苦您了。”

Chapter 03
梦魇

/ 宋至肴，你别打了！ /

1

徐子启的新型情感陪护型机器人研发进展很顺利。

宋至肴那笔钱起了很大作用，无疑是雪中送炭，不仅解决了公司的资金链问题，让项目起死回生，好运也接踵而至。

前天的 B 轮融资中，他们拉到了一笔巨额投资，对方也很看好他的研究，应允等新产品投入使用之后，根据市场反馈情况会继续追加投资，长期合作。

不出意外的话，未来很长一段时间，爱佶都不用再愁资金问题了。

徐子启可太兴奋了，跟宋至肴念叨了一路。

“而且，”徐子启推开餐厅玻璃门，边走边跟宋至肴说，“你猜我那天在会场见到谁了？

“郑乐成！

“你还记得吗？就小时候转学过来，跟咱们一起玩了不到三个月的样子，就又转走了的那个！”

“不记得。”

这话是真的，宋至肴不像徐子启那样跟班里同学相亲相爱。

宋至肴从小脾气就不怎么好，再小些的时候甚至有些孤僻，只在自己最熟悉的圈子里玩，跟其他人没矛盾，但也谈不上关系好。

更何况已经过去这么多年，还是当时转学不到三个月的插班生，他还真没什么印象。

徐子启习惯了，也不觉得扫兴，依然沉浸在重逢老同学、又给公司招了员猛将的喜悦中，兴冲冲地跟他说起以前在学校的事情。

宋至肴只是听着。

中途电话铃声响起，徐子启接了，温声道：“宁宁？你到哪儿了？”

服务员送菜单过来，徐子启随手翻看：“想吃什么，我帮你点好……不来了？为什么？”

“别闹脾气，胡说什么呢？”他气笑了，“我怎么就跟郑乐成厮混了？

“就凑巧碰上了，以后还要共事，老同学出来吃个饭聚聚，宋至肴也在呢！

“好好好，那你快过来！”

等徐子启挂了电话，宋至肴倒了两杯水，给他推过去一杯，扬扬下巴笑着问：“打算什么时候结婚？”

“早呢，”徐子启挠挠头，有点不好意思，但眼底眉梢的笑意掩都掩不住，“宁宁还小，我听她的。”

他们从小就这样。

宋至肴笑笑，低头把玩着手里的杯子。

“说我干什么，你呢？”徐子启问，“你现在都没跟我说，这次回来到底是怎么回事？”

不等宋至肴开口，他忙道：“别跟我说是为了养伤啊？我看你这活蹦乱跳的不是挺好？再说，你要真哪里有点毛病，老陈能放心把你从自个儿身边送走？”

“还是说……”他上上下下地打量宋至肴，狐疑地问道，“你伤到了哪个见不得人的地方，留下了什么……隐疾？”

宋至肴顺手抄起手边的纸团成个球，丢到他身上：“一边去。”

徐子启偏头躲过，捡起纸团，招来服务员。

“这家店巨好吃，老板师从国宴烹饪大师。你别看这店面不大，但师傅手艺不错，我预约了很久的。”他把菜单递给宋至肴，“来，看看你想吃什么？”

宋至肴对这些其实并不讲究。

他们在部队上要掐分掐点训练出任务，吃饭都是只管快吃快走，填饱肚子扛饿就成，所以一向不重口欲。

但是瞥到菜单的时候，他又突然想到那晚程舒窈送过来的菜，鬼使神差地凭着印象在菜单上勾了几道相似的菜。

“说说，你怎么开罪老陈了？”徐子启问道。

养伤只是个幌子，除了开罪老陈以外，他再想不到别的能让宋至肴离队的原因。

“吵了一架，差点儿打起来，”宋至肴把菜单还回去，下意识伸手去摸烟盒，又想到餐厅里不能抽烟，只能作罢，伸着腿往后靠在座位上，神色散漫，“他看我不顺眼，就给打发回来了。”

徐子启嗤了声：“骗鬼呢？老陈舍得揍你？”

宋至肴没说话。

老陈拿他当儿子养，舍不得是真，但俩人大吵一架，打着养伤的名义，把他送回来也是真。

说到底，也还是俩人共同的心病。

十几年前的惨剧，让宋至肴没了父母，也让老陈痛失两个优秀战友。

谁也放不下。

所以，谁都想将当初的漏网之鱼绳之以法，但老陈上了年纪，更想帮老战友先护住唯一的儿子。宋至肴则年轻热血，又有些钻牛角尖，执着于当年的事情，甚至对所有罪犯都越发深恶痛绝，以至于每次执行任务都不惜性命剑走偏锋。

这次为了一群亡命之徒，他孤身犯险，人是抓到了，但押着人回来的时候，他浑身血淋淋的，直接一头栽倒下去。后来一查，他肋骨断了六根，内脏大出血，身上多处粉碎性骨折，没一处完好的，直接送进手术室抢救了大半晚上。

老陈接到消息，差点儿一口气儿上不来晕过去。

为了这事儿，俩人大吵了一架。

老陈原本想强制让他退队，但还是舍不得，最后只能先随便扯了个养伤的幌子，把他送回来让他好好反省。

宋至肴也是个性子轴的，半句软话都不乐意说，梗着脖子真的就回来了。

他当然也是存了另外的心思，没了部队里那些规矩，他再查起以前的事情，也就少了些顾忌。

徐子启见宋至肴半天没再说下去，也大概猜到了点情况。

“所以，舅舅死缠烂打让你去驾校帮忙，也是为了把你留在眼皮子底下吧？”

生怕他再偷偷摸摸追究以前的事情，冲动行事丢了性命，得不偿失。

宋至肴不置可否。

“可是这都十几年过去了，当初差点儿没把整座城市掘地三尺翻过来找，也没找着，”徐子启说，“那人现在活没活着都是一回事，老宋，你……”

徐子启话说到一半，又沉沉叹了一口气。

大道理谁都懂，可事情没落到自己头上，劝人放下都是站着说话不腰疼。

算了。

“有什么需要帮忙的地方，”徐子启拍拍他的肩膀，认真道，“随时跟我开口。”

宋至肴扬扬嘴角，点头。

郑乐成来得有点晚，刚进门就双手合十，躬身赔笑道歉：“徐总，对不住，对不住，来晚了，我妈病情反复，就多耽误了一会儿工夫，真的不好意思！”

他穿着有点旧的衬衫西装裤，戴了副黑框眼镜，头发软趴趴地耷拉着，背着黑色电脑包，看着有些憨厚。

“说什么呢？都是自家兄弟，坐坐坐！”

徐子启是个性子温和的，当然不在意这早一会儿晚一会儿，倒是被他这一声周正官方的“徐总”喊得怪不好意思的。徐子启挠挠耳朵，忙起身招呼：“阿姨不要紧吧？”

郑乐成笑意微微停滞，低了低头，苦笑：“就那样子。”

徐子启很有眼力见儿地没再继续这个话题，跟他介绍宋至肴：“我哥们儿，以前也都一个班的，记不记得？”

“记得的，记得的。”郑乐成笑着，过去跟宋至肴握手。

宋至肴象征性握手，扫了他一眼，微微点头示意，也没多说什么。

这时，方宓宁被服务生带着从外边进来，一把抢下郑乐成递给徐子启的酒，气呼呼地说：“回头胃疼可别哭。算了，喝吧，疼死你算了！”

她又不情不愿地瞥了郑乐成一眼：“我说最近你为什么总丢下我，原来是在外边有狗了。”

方小公主占有欲很强，虽然嘴上不承认两个人的娃娃亲，但她从小到大对徐子启都很依赖，她可以跟别人玩，但徐子启必须只属于她。

霸道又不讲理。

“宁宁，别胡说，”徐子启气笑了，低声斥她，然后起身替她拉开椅子，跟郑乐成道歉，“我女朋友，被宠坏了，别见怪。”

“谁是你女朋友！”方宓宁小声嘟囔，坐在宋至肴对面。

郑乐成看了眼方宓宁，神色有片刻僵硬，但他很快就拿走酒杯，笑道：“不会不会，老板娘有点脾气，理解。”

接下来半个小时，郑乐成和徐子启两人更多都是在聊工作上的事情。

从大学参与的人工智能研究到毕业工作后跟的项目，从仿生到深度神经网络技术，再到国外先进研发水平和国内首例AI+5G手术。

方宓宁听不懂这些，也没再插话，低头认认真真吃饭，还时不时给宋至肴安利一下菜品和新吃法。

不得不承认，这里的菜味道还真的不错，宋至肴难得有耐心接受她的安利和科普，一一尝试。

两个吃货碰撞到一起，意外地还挺和谐。

“你们怎么都不跟宋至肴说话？”方宓宁人挺仗义，她听不懂也就算了，可他们连宋至肴都晾在一边，这就让她看不下去了，她替他抱不平，“你们也跟他聊聊啊。”

总不能让他这么一个大男人只跟她在这儿埋头苦吃吧？

徐子启知道宋至肴现在对这些事情是完全没兴趣的，有点哭笑不得，去捏方宓宁的手，想嘱咐两句。

没想到郑乐成扶了扶眼镜，插了话：“宋至肴，你也对这些感兴趣吗？我没有别的意思，就是觉得我们说的这些都有些太专业了……”

“太专业怎么了，瞧不起谁呢？宋至肴也……”方宓宁气不过开口，被徐子启递了个眼神，只好收敛些，“那你就不能换个不专业的讲法，让我们也都听得懂的那种？再说了，宋至肴现在也算是你们公司的半个合伙人，你以后汇报工作的时候，难道也都说‘太专业了您听不懂所以就不跟您汇报了’吗？”

“宁宁！”徐子启沉声。

方宓宁睨了徐子启一眼，也不说话了。

“没事，你们聊你们的。”宋至肴说完继续吃东西。

郑乐成面上闪过一丝尴尬：“宋总，抱歉，我没别的意思。”

顿了顿，郑乐成垂下头去，轻轻叹了口气，似是有点挫败：“你们是不是都挺瞧不起我的，也是，你们现在都混得这么好，不像我……”

“唉，”郑乐成挤出个笑，偏过头去，“子启你知道的，我这人呢，不太会讲话，人情世故总处理不好，之前从老东家那边离职也是因为得罪了老总。

“但是我手头的项目绝对是没问题的，这个芯片如果未来应用到医学方面，一定会是浓墨重彩的一笔，植入人体的话，对于老年痴呆、大脑海马体受损这块的治疗，可以带来新的转机！之前他们都开了高价，想要加入我的研究，但是这种东西就跟自己的孩子一样，我实在不想假手他人，所以……”

他说到一半，面色有些为难，又很快解释：“子启，你别误会，我没别的意思，能跟着你干我其实特高兴，以后每个项目我也肯定都会全力以赴。只是我家里条件确实比较特殊，我妈妈的病情你是知道的，所以我希望加入爱信以后，能单独负责这个项目，并且在公司保留我一定的话语权，也是给我一定的经济保障，你放心，我肯定……”

“服务员，菜好了没有啊！”

方宓宁不满地打断他的话，转头催促。

徐子启看向宋至肴，后者没什么表情。

宋至肴懒懒地起身，见方宓宁也要跟着起来，于是道：“我去帮你看看怎么回事，顺便去趟卫生间。”

方宓宁“哦”了声，兴致缺缺地重新坐下来。

其实宋至肴也不是真的想去卫生间，他只是不想坐在那里影响徐子启的决定，也不太乐意跟郑乐成搭话。

他在部队待了这么多年，身边都是一些说话办事直来直往的粗人，心里没那么多弯弯绕绕。

可能远离这类社交场合太久，他实在不太习惯，也不喜欢郑乐成的说话腔调，说不出具体原因，也更不想插手徐子启公司的事情。

餐厅一楼还挺大，装修简约又不失格调。

宋至肴随便转了转，打算出去找地方抽根烟，路过转角的时候，听到旁边传来争执声，主角的声音有点耳熟，于是他鬼使神差地停下脚步往那边瞥了一眼。

后厨操作间都是透明的，估计是为了方便客人监督和确定整个食品流程的安全规范性。

隔音玻璃门没关严实。

男人高高胖胖，身上穿着白色厨师服，他把厨师帽拿下来攥在手里，估计是没料想面前还没自己肩膀高的女生居然真的敢一点面子都不给他留，一时间有点下不了台，脸色又红又白，气急败坏地喊道：“程舒窈！”

“叫老板。”

女生低头收拾被他掀翻在地的盘子，语气平淡，可正是这副态度反而有点气人。

男人愤愤地把帽子往旁边桌上一摔，理直气壮地大声说道：“我告诉你，你最好想清楚了，要真敢把我开了，这么大的餐厅，后厨这摊子事儿你看谁还能帮你打理。”

他喘着粗气，冷笑，转头看身边的两个小学徒：“小王，你可以？”

突然被点名的小王唯唯诺诺：“我……我不行。”

“小邹，你？”

“我……”

“一个餐厅最倚重的是什么？”男人有点得意，居高临下地教训起人来，“你真以为是靠你师父老窦那点儿名声？还是觉得自己天纵奇才？这几年下来还不是靠我！”

见程舒窈不说话，他又稍稍缓和态度，语重心长道：“你摸着良心说，这几年我起早贪黑，为咱们店付出了多少？

“做人不能太一根儿筋，你能放着安安稳稳的白衣天使不做，跑来油烟堆里开这小餐馆，是图个什么？别跟我扯什么喜欢啊梦想啊这玩意儿，说到底不就是图赚得多些?

“我承认，我换供应商这事儿没跟你商量是我不对，但我不也是为了咱们店好？我们是商人，压缩成本有错吗？我……”

“金叔，”程舒窈把手里的纸巾丢进垃圾桶后，停下来看他，打断他的话，“其实这几天我也想了想，我做得确实不对。”

老金“哼”了声，越发得意。

程舒窈继续道：“这几年你也不止一次跟我提过辞职的事，我每次都加薪送礼物的劝您留下来，现在想想，我可能真的有点强人所难，才会让您做出这种极端的事情。”

老金脸色一变：“你什么意思？”

“我想明白了，强扭的瓜不甜，既然你真的想走，我也不能一直逼着你留在这里呀。”

程舒窈对老金也是有感情在的。

这几年的共事先不说，老金也算是她师父的半个朋友，多少都有点情义在里边。加上老金家里有个“吸血鬼”儿子，他平时占点便宜，耍脾气暗示加薪这些，她都睁只眼闭只眼纵容过去了。毕竟自己平时还要在诊所上班，也要拜托老金帮她多看着点店里。

结果，他反而变本加厉，这次更是直接瞒着她换了原材料供应商，中间得到多少好处自然不用说，重要的是产品质量明显不过关。

这种原则性问题，她不可能视而不见，结果老金不仅不知悔改，反而故技重施用辞职来威胁她。

气氛一时间变得剑拔弩张。

外间有服务生进来，小心翼翼地看了两个人一眼，小声提醒“金师傅，十二桌客人的菜还没上齐。”

老金见状又有了点底气，索性拉过来一把椅子悠悠地坐下：“你都这么说了，那我也不能再干了。”

“小邹，菜单给我。”

程舒窈也没说什么，转身嘱咐小王打下手准备食材，后者很快应了声，立马行动。

程舒窈三两下就利落地换好衣服，系上围裙，扫了眼菜单。

十二号桌剩下的几道菜都不算难，龙井虾仁、松鼠鳜鱼、文思豆腐、白玉鱼羹。

她洗干净手。

活虾取肉，清洗沥水，“咚”的两声，磕碎鸡蛋取蛋清和少许盐加进去，迅速搅拌，混入淀粉腌制，与此同时，准备龙井茶泡开备用。

“鱼。”她伸手。

小王眼疾手快把刚宰杀的鲜鱼放在水下冲洗干净，递过去，顺便准备热油。

松鼠鳜鱼是经典苏菜，步骤并不算复杂，但其形状被描述为“头昂尾巴翘，色泽逗人笑，形态似松鼠，挂卤吱吱叫”，和文思豆腐一样，都极其考验厨师的刀工技巧。

齐胸鳍切下鱼头，鱼贴骨切开，拍平，直剞、斜刀，改菱形刀纹，还要保证鱼尾不断。

整个过程，深一分鱼肉容易散落，浅一分则影响形状，这就要求厨师下刀精准，通常入肉五分之四，将鱼身改刀为108颗蒜瓣籽，油炸后鱼肉会盛开如同菊花，鱼尾金灿灿，微微上翘，挂汁之后色泽鲜亮，形状如松鼠。

与此同时，另备开水，热锅加猪油，四成热时加入虾仁划散，白玉色时起锅沥油，加龙井茶水、绍酒，翻炒出锅。

色绿、香郁、味甘、形美。

豆腐削去老皮，切片切丝，横 88 刀，竖 118 刀，切成后入水，根根分明，均匀清晰，不黏不碎，搭配其余配菜，做成软嫩清醇的文思豆腐。

几道菜都不是特别难，但要做出绝对纯正的味道，从刀工到调汁，以及火候的把握，每一步都是对厨师基本功的考验。

程舒窈从头到尾气定神闲，整个过程行云流水，甚至没有半点拖沓和浪费，最后连带着还把厨具基本都收拾干净了。

小王眼睛都看直了。

老金一开始抱臂看着热闹，慢慢也不由得绷直了身体，最后看着小邹传菜出去，程舒窈掌勺继续炒别的菜，脸色也越来越难看，但语气比之前软下来很多："小程，我好歹从你开店就在帮你，这几年没有功劳也有苦劳。"

他叹了口气："金叔我今年五十岁了，家里有个不成器的儿子，我指望不上他，可也不能真的放他不管，你每年给的薪水就那么多，我没有办法，一时鬼迷心窍，就这点儿小事……小程，你不能真的赶我走啊，我是老员工，你这样做会寒了大家的心。"

"可是金叔，"等后厨小王、小邹他们都出去了，没什么人看着，程舒窈才放下勺子，深深吸了口气，转身直直看向他，"我师傅也教过我，食品安全无小事。”

老金微微一愣，动了动嘴角：“你……”

“还有，我纠正一下，‘帮’这个字不是这么用的，我付你工资，不敢说最高，但这几年在整个行业里绝对算是优待，你为我付出劳动成果，我们是白纸黑字签了合同的，这是公平公正的等价交换，你不能用这个道德绑架谁。

“至于开除老员工……这就正好让大家知道，我不会拘着人情和资历就网开一面，放任任何人胡作非为，当然，如果有人接受不了这个，觉得心寒，我也没必要再强留。

“您当初跟我师傅也算是师出同门，混到现在境遇却完全不同，您一直怪天分不足，怪儿子不孝，但或许也不是那些原因？”

老金缓缓垂下头，好半天一声不吭。

程舒窈轻声道：“找吴姐结下工资吧。”

老金点了根烟，低着头坐在椅子上抽完。良久，他才用力踴灭烟蒂，重重呼了一口气，然后起身往外走。

程舒窈放下盘子，看着他离开的背影，擦擦手，摸出手机，给人发语音：“吴姐，让人事那边出新的招聘，然后帮金叔把工资结了。”

顿了顿，她又补上一句：“多给他加三个月工资吧。”

有服务生经过，看见宋至肴，她礼貌问道：“您有什么事情吗？”

“我找卫生间。”

他无意中看完了这么一场闹剧，被人撞了个正着，轻咳一声，脸不红心不跳随口道。

服务生小姐姐礼貌又微笑着指路：“前边直走左拐。”

“嗯。”他说，临走时又往里面瞥了眼。

出来的时候，程舒窈做完了几个单，暂时有时间休息一会儿，正站在水龙头前洗手，周围拢着店里的几个狗腿子，“彩虹屁”一轮接一轮。

估计是老金在店里小动作做久了，也不怎么得人心，现在他离店倒也没有多影响气氛，众人反而有拍手叫好之势。

程舒窈擦干净手笑笑，不动声色地忽视掉一些混杂在其中的吐槽，笑眯眯道：“一般一般，天下第三。

“羡慕我？为什么？我天赋异禀啊，你羡慕又没用。”

“那是，从小优秀到大，”程舒窈很膨胀，一边转移之前老金的话题，一边随口聊起以前的高光时刻，末了还要在一堆人的惊叹夸赞声中总结，“德智体美劳全面发展，全能人才，21 世纪新型有为青年。”

宋至肴听了几耳朵，低头轻嗤了声，路过的时候还是没忍住“你肺活量还挺好？”

“那当然，”程舒窈这会儿正自夸到兴头上，都没注意是谁突然接了这么一句话，就习惯性张口嘚瑟，“上学那会儿，马拉松，我每次都……”

然后一扭头看清楚人，她脸上的表情顿时僵了一下。

宋至肴没看她，低头买单，径自接话：“嗯，难怪牛皮能吹这么大。”

他不痛不痒地丢完话，拿了小票转身就走。

程舒窈愣了一会儿。

宋至肴，我跟你势不两立！

宋至肴轻笑了声，头也没回。

进包厢后，这边饭也吃得差不多了，郑乐成还要掐着时间回医院去陪郑妈妈，好声好气地道了歉，匆匆离场。

宋至肴跟徐子启往外走，方宓宁跟在后面玩手机。

“答应把项目全部交给他了？”宋至肴问。

徐子启点头，然后看他：“我看过他简历，还有他以前参与的研究项目，说真的，他能力没得说，加入咱们，也算是多了员猛将，稳赚不赔。”

宋至肴“嗯”了一声。

“老肴，你是不是觉得他有点儿什么？”

“有点做作，”方宓宁从花里胡哨的小游戏中抬头插话，看了宋至肴一眼，然后转头对着徐子启说，“徐子启，你要不开了他吧，我不喜欢他。”

“别闹，”徐子启有点无奈又好笑，“这是工作上的事情，你别掺和。”

方宓宁本来还想说什么，索性作罢，撇撇嘴：“反正你们男人看不出来。”

徐子启：“……”

“不至于，”宋至肴笑笑，视线落向前边路口的红绿灯，“你按照你的想法来就成。”

他对郑乐成没什么印象，今天也只算是第一次碰面，只是可能自己在老陈身边待得久了，周围都是些硬气耿直的糙老爷们，看这人第一眼，就觉得他身上有点惺惺作态的小人做派。

“他这人就这样，家里条件不好，胆子也比较小，对谁都比较客气讨好，被前老板坑了一把，妈妈的病情又急需用钱，好歹也算是老同学一场，我们能帮一把是一把。”

“嗯。”宋至肴点头。

2

老金走了之后，程舒窈越发忙了起来。

在这之前，为了缓和和妈妈之间的关系，拉近距离，她从自己最热衷的后厨一线退下，听从安排去了欧阳老师的诊所上班。

反正餐厅勉强也算是步入正轨，后厨有老金，前厅有吴姐她们几个老人帮衬，除了平时一些比较重大的决策和私人宴会定制以外，她也很少事无巨细地去过问。

但眼下老金一走，新人招聘还需要些时间，她就得重新回去主事才比较稳妥。

周六晚上，师兄打电话过来，说诊所忙不过来，催她这周就结束休假回去上班。

这话其实有一半也是想要劝她留在诊所。

不过她也确实该在这两者之间做一个选择了。

程舒窈惦记着这事，晚上翻来覆去想了半宿。

第二天，清晨五点，闹钟和拍门声同时响起。

自从上次加训之后，宋至肴说到做到，每天早上都会过来砸门，直到她晕头转向地从床上爬起来，开了门，他确认她已经醒来了以后，才下楼买早餐，顺便给她留这十来分钟的工夫洗漱。

然后，他们再一起去训练场，开启一天的训练。

日日如此，雷打不动。

程舒窈前一晚没睡好，被吵醒的时候脑子都是一团糟，起床气也格外重，她气急败坏地抓了把头发，眼睛都没睁开就趿拉着拖鞋一脸烦躁地过去拉开门："宋至肴，你是魔鬼吗？扰人清梦相当于犯罪你懂不懂？"

她从头发丝儿到脚指甲盖儿都冒着怒火，闭着眼睛乱吼了一通，语调怒气冲天，本来应该是威慑力十足的。但她没睡醒，嗓音都是沙哑的，穿着粉紫色的米奇睡衣，头发胡乱扎了个鬏，睡了一晚也散得差不多了，这会儿乱糟糟地耷拉着。

倒像是只被剪了指甲张牙舞爪示威的奶猫。

宋至肴上下扫了她一眼，没忍住调侃："坚持了这么些天，猪都该养成这个点自然醒的习惯了。"

"可不是吗？"程舒窈身体还沉浸在和周公的约会中，但脑子已经清醒了七八分，怼他倒是张口就来，"你这不就已经自然醒了？"

她做好了继续和他怒怼十分钟的准备。

但半天没等来回声，她这才强打着精神睁开眼睛，只看到他进电梯的背影。

"十分钟，楼下会合。"

程舒窈准备好了的互怼没发挥出来，气得她冲着空气挥了挥拳头，然后深深地吸了口气，再一点点吐出来，最后认命地快速回去洗漱。

下楼的时候，她想着等会儿要跟宋魔鬼请个假，提前结束训练，她得回诊所一趟把辞职这事儿说了。

公寓门口有个小台阶，往外走有一排便利店，宋至肴一般会提前下楼买了早餐吃完，然后在车上等她。

她叼了袋牛奶，低头看一眼时间，胡乱扒拉着头发往外跑，刚下了台阶，一抬头，余光瞥到站在车尾和宋至肴面对面的女孩子。

有点眼熟。

女孩穿了件浅绿色的吊带裙，手里还提着便当盒，跟他说了句什么，笑得眉眼弯弯。

宋至肴半倚着车身，把剩下的半只鸡蛋塞进嘴里，插上吸管喝了口牛奶，才抬眼看她，懒洋洋地接话。

女孩子立马就不高兴了。

程舒窈一袋牛奶吸溜到最后，发出咕噜咕噜的声音，突然记起来那次给宋至肴送手机，她见过这女孩。

她心里有了大致的揣测，琢磨着自己这会儿过去也有点影响人家气氛，于是她故意放慢速度，又从便利店门口绕了一圈才慢悠悠地挪过去。

“哎呀，反正你不说我不说徐子启又不会知道！”

宋至肴头也没抬：“不合适。”

“宋至肴，你怎么这么古板？我又没跟他结婚，我想干什么就干什么，他也不能管我啊！”

“……”

“你是觉得我哪里不好吗？”

“没有。”

“那你为什么不答应哪？”

“你可以去找别人。”

“我不，我就喜欢你！你到底在担心什么呀？我发誓，保证不会影响你们兄弟的感情，好不好？”

……

程舒窈就这么被迫吃了一口新鲜出炉的热乎瓜。

啊，这位是追求者，还是三角恋的那种？！

对话还在往她耳朵里钻。

她把喝完的牛奶袋子丢进垃圾桶，然后看了眼时间，犹豫要不要直接过去取消今天早上的加练。

乍一抬头，猝不及防跟人视线撞了个正着。

“方宓宁，”宋至肴耐心告罄，“我真答应你跟着我学车，祸害的就不止我们兄弟俩了。”

话说得还真是耿直。

方宓宁嘴巴一瘪，笑意崩下去，气呼呼地扭头大步走了。

“那什么，”程舒窈直起身子，往宋至肴那边走，尽可能让自己看上去理直气壮一些，“我刚下来，想起来家里没酱油了，就想顺手买一瓶，什么也没听见。”

宋至肴不置可否，挑眉往她手里看：“酱油呢？”

程舒窈眼一闭心一横，转身冲进便利店，半分钟之后，她晃着手里的酱油瓶，笑得一脸嘚瑟。

“嗯，”他拉开车门坐进去，“正好今晚我想吃酱油炒饭，上车！”

程舒窈一愣：“凭什么？”

“你偷听了我的秘密，就得付出代价，做点赔偿。”

宋至肴你有病啊！

车子一个摆尾，直接冲上马路，风景迅速后退。

早上的风还没有染上燥热，从车窗涌进来时，程舒窈人也清醒了些。

九点钟，训练结束。

程舒窈准时准点赶到诊所那边，刚推开门，师兄就端着医用托盘迎面走了过来，顺手把白大褂兜里的罐装咖啡丢到她怀里：“咱们程医生可总算回来了。哪，喝了这个，咱师兄妹一起加班到天亮啊！”

“谢了啊，”程舒窈接过来，打开易拉罐，又重新递回去，“不过不用啦，欧阳老师呢？”

“里面，”黎钺把托盘放在旁边的仪器车上，给她指了指里面的诊疗室，“正帮病人看片子呢，你先等会儿？”

他抿了口咖啡，看向程舒窈：“你今儿不是过来上班的啊？”

她沉默片刻，“嗯”了一声。

黎钺愣了下，还想说什么，诊疗室大门被拉开了。

欧阳医生和身边的患者边说着治疗方案边走出来，看见程舒窈，他笑着点点头，也猜到她来是为了什么事情，示意她先去办公室等他，然后把手里的小票和化验单递给患者，又嘱咐了两句，将人送到门口。

“想清楚了？”

欧阳医生从门口回到办公室，转身在饮水机那边接了杯水递给程舒窈。

他一眼扫到了桌上的辞职信，笑得温和：“这东西交上来可就定了啊！”

程舒窈接过水杯，道了句谢，低头沉默片刻，也笑了：“我想清楚了。”

欧阳恕没再接话，屈指轻叩桌上的文件，然后慢慢敛了笑容，轻轻叹气，看她：“唉，从你实习起就是我带着，说实在的，我特别欣赏也很看好你的发展。

“当然，我也知道你志不在此，之所以留在我这里，是因为你妈妈的原因。这两年我也存了点私心，也想你能改变主意，决定在这个行业发展。

“我呢，别的没有，在咱们当地还是有些人脉和关系的，本来计划着年底把你送去我一个老朋友那里进修。”

“抱歉，欧阳老师。”程舒窈捏着纸杯说道。

欧阳恕笑了笑：“行了，别的话我也不多说，个人有个人的想法和际遇。不过舒窈，欧阳老师还是得告诉你，你有自己的坚持和计划是不错，但创业也的确艰难，离开这里，你也确实失去了一个稳妥发展的好机会。”

“可是您当年不也是放弃了体制内的稳定，选择了这条艰难的路吗？”程舒窈眨眨眼。

两个人相视一笑。

“好孩子，餐饮业老师帮不了你什么，只能祝你前程似锦，一切顺利。”

“这个呢，你先拿回去，”他把辞职信推回来，“一周以后，如果还是这个选择，再来找我签字吧。这段时间呢，你妈妈那边，我也会帮你好好说说的。”

“谢谢老师。”

宋至脊从训练场出来，不想掺和徐子启的那些饭局，只好受冯戎之托开车送学员回家。

中途接到电话，他扫了眼屏幕，将车子靠边停下，然后接起来。

那边也没先吱声。

一时间陷入微妙的尴尬中。

“宋哥，我们就先走了啊，拜拜！”

后座两个学车的男孩子下车了，他抬眸，随便挥挥手。

电话那边这才冷哼一声：“怎么，工作都找好了？做教练的日子挺舒服？”

“安时而处顺，哀乐不能入也，”他抿着唇笑了下，低头把玩打火机，“不是您教我的吗？”

“放屁！”老陈气得声调都扬了一大截儿，觉得自己早晚要被这浑蛋气死。半晌，他叹了口气，压下脾气，别扭地转换话题，“伤养得怎么样了？”

伤早就好了。

这话的意思是问宋至肴反省得怎么样。

打火机“吧嗒”作响，火焰明明灭灭，宋至肴没说话。

老陈又是一肚子气：“想明白了就早点给我回来！”

“别啊，”宋至肴低声笑，有点欠揍，“我这伤还没养好呢。”

知道老陈气得又要发飙，他见好就收：“成，别气，我知道错了，上次也不该那么冲动，冲您发火，回去了跟您赔罪！”

“也不用回来了。”

宋至肴神色一顿，绷直了身体。

老陈说话大喘气：“我明天下午到，给我把饭菜备齐了等着。”

他松懈下来，往后靠过去，看见前边路口的身影，眯了眯眼睛，踩了脚油门，应着电话：“得嘞。”

程舒窈早对宋至肴的教练车车牌号倒背如流。

看见车子在她身边停下，还不等主人招呼，她就毫不客气地拉开车门一屁股坐了进去，发现他心情还不错的样子。

“捡金子了？”她系上安全带，大言不惭地指挥道，“回家吧。”

“没捡金子，所以车费结一下，打折算你 250，不客气。”

程舒窈今天算是解决了工作的问题，心情好，不想跟他计较：“酱油炒饭 500，抵消车费，还我 250。”

“嗯，你 250。”

她刚想吐槽两句，车子突然一个猛刹车，她整个人几乎要弹出去，又被安全带用力地拽回了座椅。

不至于要杀人灭口吧!

不等她开口，宋至肴脸色一变，干脆利落地先熄了火，拉开车门跳下去。

“哎，这里不能停车！”

她喊道，下意识想跟着追出去，但又手忙脚乱，一时没解开安全带。

这会儿碰上下班高峰期，前面堵得厉害，见车子停下，后面车流喇叭声此起彼伏，混杂着一些暴躁的骂骂咧咧声。

可她没拿到驾照不敢开车，火急火燎下去以后，只能好声好气地跟后面的人道歉。

“救命啊！救命！”

“抢孩子了！抢孩子了！”

马路那头一阵惊呼。

程舒窈道完歉，还不清楚情况，先往那边跑了过去。

远远看见最前面的小平头男人抱着个婴儿，边跑边嚷嚷。

后面光膀子的文身哥穷追不舍：“你放屁！给我站住！”

一追一跑，场面一度混乱不堪。

围观的路人因为搞不清状况，一时间竟没人出面帮忙，甚至还有人掏出手机兴致勃勃地拍照录影。

没一会儿工夫，警笛呜呜作响，但被车流堵住，两个民警从车上冲下来，也加入了追人的队伍。

宋至肴跑在最前面，跟人隔了条绿化带，眼看着人左转进了窄巷子，他纵身一跃直接翻跳过去。

前面的小平头居然从怀里摸出把水果刀，回身用力挥了一下。

宋至肴侧身躲过去。

程舒窈看得心里一颤，额头不知不觉渗出冷汗。

但她是跑不赢这些人的，她很快把目光落在路边的共享电动车上，看了看他们追过去的方向，又看看左手边的小巷……

“站住！”

警察追喊。

小平头跑得气喘吁吁，回头见多管闲事的小年轻还在穷追不舍，啐了一口，骂道：“你脑子有病吧？不去追人贩子追我干什么？”

宋至肴一声不吭，从天桥一路追下去，还有一截台阶时，他单手撑着护栏直接翻跳下来，直直朝小平头扑过去。

小平头又爆了句粗口，抬手猛地把怀里小孩一丢，掉头往反方向的巷子里钻。

宋至肴眼疾手快捞过小孩。孩子实在太小，这一通折腾，已经面色涨红，呼吸急促。

有警察追过来，他反手把小孩交过去，命令道：“打 120！”

这片是老街区，小巷子很多，小平头熟悉地形，都是在抄小路往人多的繁华区跑。

宋至肴耽误了一会儿工夫，就已经拉开了很长一段距离，眼看着小平头要跑出巷子，往商场步行街方向去。

巷口猝不及防蹿出来一辆黄色电动车，速度很快，小平头也在玩儿命地跑，“砰”的一声，惯性作用，一人一车撞了个正着，双双侧翻在地。

小平头捂着腿边骂边惨叫。

程舒窈揉揉脑袋，一骨碌从地上爬起来，她有自知之明，没有近小平头的身，而是反应很快地扶起电动车往他身上压下去。

小平头一时间挣扎不起来。

紧追着赶过来的一名民警边用对讲机招呼同事，边冲上去制伏这人。

程舒窈站在巷口这头，远远冲宋至肴递了个眼神，扬起下巴一笑，想跟他隔空击个掌。

宋至肴停下来站定，并没有配合她的动作，倒是勾了勾嘴角。

下一秒，宋至肴眼神忽地一顿，整个人猛地扑上去，隔着电动车压着小平头，朝小平头腿弯用力一踹，然后踢向他手肘，水果刀滑出去几米远。

民警却已经捂着腹部弯下身子，满脸痛苦。

鲜红的血狰狞且刺眼。

程舒窈手忙脚乱打急救电话。

宋至肴有一瞬间像失了神，他看着地上的血迹，周身的嘈杂都渐渐远去，大脑一片空白，脸色也惨白，眼神却冰冷狠戾，眼角泛红。

小平头着实被吓蒙了，张了张嘴：“我错了哥，你……”

话音未落，迎面一拳重重砸下来，小平头脑子里嗡的一声，被打得偏过头去，半边脸贴在地上，只觉得嘴里一股腥甜，液体呛入气管，他咳着啐出一口血水。

“我……”

又是一拳。

身后是鬼哭狼嚎的痛呼求饶声，程舒窈回过头看见的就是这样一幕——

宋至肴半跪在地上，低着头，像失了心智似的砸下去，眼睛猩红，戾气逼人，仿佛真的要将人生生打死才肯罢休。

“宋至肴！”程舒窈有点慌神了，收起手机三两步跑过去拦他，“别打了！”

但宋至肴就像根本听不到她的话一般。

“别打了，别打了！”

她弯腰用力去拖他，但力气不敌，又被他无意识甩开。

她踉跄两步，重新跑上去，从身后抱住他：“宋至肴，再打下去会出人命的！以暴制暴不是什么好办法，宋至肴，你听话！”

她用力掰过他的脑袋，强迫他看着自己的眼睛：“你听我说，警察他们马上就到，他跑不了的，拐卖偷盗儿童，袭警伤人，哪一条都会判刑，五年，十年，无期，死刑……宋至肴，你犯不着搭上自己，听到没有？”

宋至肴手上动作停下来，长长吐了口气，直起身子，往后退了几步，按着手肘靠在墙边，闭上眼睛缓和情绪。

半晌后，他浑身上下那些戾气才渐渐消散下去。

程舒窈一颗心总算落下来了。

警察和医生很快赶过来，她配合着讲了事情的经过，没提宋至

Bushi Fengdong,
Shi Xindong

肴刚才情绪失控下狠手的事。

不过一查档案，发现这个小平头已经不是头次作案了。

叶酌，这片出了名的小混混，偷鸡摸狗，顺手牵羊，这些都是他的惯用手段。

两个人去派出所做完笔录出来。

文身哥人到中年才得一宝贝闺女，抱着小孩对他们千恩万谢，非要请客吃饭。程舒窈笑着拒绝之后，他又拍着胸脯，放话说但凡这片之内，有事尽管找他。

程舒窈觉得好笑："21世纪了，扫黄打'黑'噢。"

"哎，妹子，你这说哪儿的话！"文身哥爽朗一笑，单手抱着闺女，"咱可是知法守法的好公民，就是家里做了点儿生意，这么多年下来，各行各业大神小鬼的，都积攒了些人脉，必要的时候还是能说得上几句话，所以有事儿尽管找我！"

程舒窈笑笑，刚要礼貌道谢告别，宋至肴像是想到了什么，上前两步拿出手机问："方便留个联系方式吗？"

"方便方便！"

交换了联系方式，宋至肴才收起手机，折回身在程舒窈面前蹲下来："上来。"

"干什么？"

她看着面前男人坚实的后背，老实说，还真有点心动，但还是疑惑。

"那你自己去医院，注意安全，脚断了别找我。"

说着，他真的就直起身子，要往前走。

程舒窈下意识往前追去，一抬脚，脚腕钻心的疼痛感传来。她低头一看，发现脚踝处已经通红肿胀，脚后跟也蹭破了点皮，渗出殷殷血迹。

她爱美，但开车只能穿平底鞋，所以她每次去训练场时都会在包里备一双高跟鞋，训练结束后就立马换上。

想来，她这应该是拦叶酌时扭到了。

“哎！”程舒窈恍然，一瘸一拐地追上去几步，然后毫不客气地猛跳到宋至肴背上，“你这人怎么……”

“什么？”他装作不经意松开手。

程舒窈心里一惊，两只手立马环紧他的脖子不让自己掉下去，很“狗腿”地改口：“高大勇猛英明神武帅气逼人……”

他嗤笑了一声。

程舒窈安安稳稳地趴在他背上，想到刚才的情形，又忍不住问：“你刚刚为什么加他微信啊？”

毕竟像他这种连送上门的桃花都拒绝的人，也不太可能去加个陌生中年男人。

宋至肴收起手机，面无表情地说：“拓展驾校业务。”

她这会儿松懈下来，脑洞就开始有一下没一下地胡乱发挥，联想到他两次拒绝那个女生的事情，恍然道：“你不会……人家连闺女都有了，你禽兽啊！”

宋至肴厉声威胁：“程舒窈！”

“OK，闭麦了。”

Chapter 04
假情侣

/护短的另一个意思，是偏爱/

1

“综上所述，这人应该是有愤怒调节障碍。”许清听完程舒窈讲的关于她的暴躁教练二三事，一本正经地分析道，“我这边的建议是，珍爱生命，远离这类人。”

“不至于吧？”

程舒窈从厨房里切了水果拿给许清。

虽然自己吐槽宋至肴日常毒舌有点添油加醋了，但凭良心说，他除了那天揍小混混以外，也没对谁动过手。

怼她、嫌弃她是真，可他也还在尽心尽责地教她练车技巧，还特意早起给她加训，倒也没有许清说得这么严重。

“我只是就你的形容得出结论。”许清耸耸肩膀，用牙签叉了块火龙果丢进嘴里。

程舒窈有点心虚，不想再继续这个话题了，随口说道：“别说这个了，说说你，这次出差怎么样？央城好玩吗？”

许清自毕业后就一直在这家金融公司工作，因为为人冷静细心，很受老板重用，至今已经破格连升几级，老板去哪儿都带着她一起。

“姐姐，我是去工作，又不是去旅游的，不过我倒是跟客户他们一起去了大峡谷蹦极。”

程舒窈上上下下地打量许清，然后比了个大拇指：“勇气可嘉。”

“也就那样，”许清一如既往的淡定，“有安全设备，反正你知道自己不是真的跳崖，又不会死。”

“那万一有意外呢？”

“小概率事件，堪比你买彩票中奖的概率，”许清坐在沙发上一边吃水果，一边面不改色地说，“而且是福不是祸，是祸躲不过。”

程舒窈有时候是真的羡慕他们这种心大的人。

“也许还跟年纪有关，”许清又想到什么，“我老板今年三十七岁，站上跳板也面不改色，反倒是后面最开始嚷嚷得最厉害的几个弟弟，上去以后两腿发抖……”

程舒窈心想：腿抖算什么，我可能会当场晕厥。

许清忽然轻笑一声：“还是年轻，想耍帅，但一点魄力都没有，惨白着脸过来问我要微信，知道的是明白他们想搭讪，不知道的还以为我要行凶。”

“那你给了没？”

许清刚想回答，程舒窈的手机就振动了。

程舒窈在沙发上乱翻一通，找到手机抓起来：“你好？”

几秒钟后，她脸色一变，爬起来换衣服：“跟我去趟A大，我弟弟犯事了。”

说犯事了其实有点严重。

A大开学有两天了,已经开始军训,但周呈韫报完到人就没影了。

他最开始说是急性肠胃炎去医院了，再之后说去厕所了，最后又是大二学长顶替答到。辅导员这才查清楚情况，按照预留的紧急联系电话打给了程舒窈。

周呈韫人在外面，但消息还挺灵通。

程舒窈和许清赶到学校的时候，他人已经回来了，身上还穿着防水衣和溯溪鞋，左手臂弯里夹着头盔，右肩上挂着骑行包，乖乖站在办公室里，耷拉着脑袋任凭辅导员和黑脸教官批评。

听见门响，他瞬间抬头，咧嘴一笑：“嘿嘿，姐！”

在瞥到紧跟在程舒窈身后进来的人时，他眼睛里似有光闪过，下意识胡乱扒拉了下头发，乖乖巧巧小幅度摆手打招呼：“小姐姐，好巧啊！你怎么……”

他看了眼程舒窈，顶着辅导员的灼灼视线，凑过去，压低声音：“你跟我姐认识啊？”

许清扫了他一眼，目光落在他的装备上，很快又收回视线，没搭理他。

程舒窈暂时没心思问他和许清认识的事，她先好脾气地过去跟辅导员和教官打招呼，余光瞥到内间桌边靠墙的一道身影。

那人身材挺拔修长，穿着黑衣黑裤，低着头半倚在墙上，听到声音也下意识抬头。

两个人视线对上。

“嘿嘿，”周呈韫低声道，“我估计这哥们儿跟我差不多，也等着挨训呢！你看，这么大的人都还犯错，弟弟我还是个孩子，犯点儿错不也很正常吗？姐，你就别告诉爸妈了。”

宋至肴收回目光，转而往旁边跟她咬耳朵的周呈韫身上瞥了眼。

“闭嘴！”明明是周呈韫犯错，程舒窈却莫名觉得自己有些脸热羞耻，她小声威胁道，“回去再跟你算账！”

周呈韫撇撇嘴，不情不愿地重新端端正正站回去。

但他也没坚持半分钟，又忍不住压下脑袋跟许清继续搭话：“我上次是不是就说了，咱俩很有缘分，还会再见面的。

“你看，这不是巧了吗？

“下次再一起约蹦极啊？或者，你对溯溪感不感兴趣啊？

“别不说话呀，小姐姐，你都跟我姐是朋友了，四舍五入，咱们都是一家人啦，加个微信，有空一起玩好不好？”

“周呈韫！”

年轻教官姓唐，也是个暴脾气，咣地猛拍了下桌子。

周呈韫立马恢复严肃，站成标准军姿：“到！”

不等对方发飙，他先认错：“报告教官，我知道错了。”

教官唐砚竟一时有些发愣。

程舒窈想把这倒霉弟弟拍死的心都有了，但当着老师、教官，还有宋至肴的面，她也不好发作，只能好声好气地先跟对方致歉，沟通问题，并且让周呈韫保证绝不再犯。

最后，她作为家长，接受了辅导员好一通批评教育，周呈韫也领了两千字检讨。

因为刚开学，又惊动了系主任，为了立威，辅导员说具体结果等系里讨论再决定。

不知道是不是心理作用，临走的时候，程舒窈看见里面那位好像嗤笑了声。

幸灾乐祸！

浑蛋！

“你还笑得出来？！”

陈川从门口进来时就看见宋至肴倚着墙在笑，顿时气不打一处来，随手抄起桌上一本书就砸过去。

宋至肴见状立马站直了身子，恢复平日里的严肃，躲也没躲。

统计学的书，还挺厚。

陈川在气头上，也没收着力。宋至肴结结实实地挨了这一下，额头擦破了皮，顿时红了一块，可他仍旧身形笔挺，一声没吭。

陈川又有些心疼了，但是想到这浑蛋前几天做的事，火气就噌噌往上冒，他把桌子拍得震天响：“怎么的？现在翅膀硬了，我这老家伙跟你讲话都不顶用了是不是？”

“报告副司令，”宋至肴站得笔直，声音沉稳有力，“顶用的！”

“有用个屁！”

陈川气得喘着粗气爆脏话，然后疾声问他：“我前两天跟你说了什么？你到底听进去没有？宋至肴我告诉你，你要是真不想回队里了，直接跟我说，我回去立马给你打退役报告！”

宋至肴不说话了。

“怕了?

“宋至肴，我把你带到部队，教你明是非，懂道理，带你参加训练，强身健体，不是为了让你去送死的！”

陈川跟这里安排军训的总教官认识，这次正好过来探望老战友，顺便看看这小子回来这些天的情况。

他前两天还特意打电话问了两句，原本打算等这小子真的想通了，反省差不多了就带人归队。结果前脚飞机刚落地，后脚就得知这小子逮着个偷小孩的混混，差点儿当街把人活生生揍死。

他当下气得差点儿一口老血喷出来，原地去世。

也幸亏偷小孩那人没事，没捅出大娄子。

两个人沉默地对峙着。

唐砚生怕这俩人再吵起来，他小心翼翼地瞥了眼老陈的脸色，好声好气地给他泡了杯菊花茶端过来，然后悄悄退回去把办公室门关上，自己出去了。

办公室内寂静一片，隐隐可以听见教室里上课的声音。

陈川端着茶杯大口大口喝掉一半，压下脾气。

“你自己想想，从入队到现在，你因为冲动行事受过多少伤?惹过多少麻烦?

“你拿自己的命不当命，那我这么多年把你带到部队护着，是为了什么?

“过去那些不好的事情，谁也不想发生，你当我，或者跟过宋队的那些队友，哪一个心里好受？哪一个不想手刃那些小王八羔子，给他们报仇？

“但是只一腔热血，冲动暴力，用拳头能解决问题吗？

“你今天去揍死一个偷小孩的，明天去捅死一个杀人犯，除了一时发泄，还有别的用吗？”

宋至肴绷着脸，腮帮子咬得发紧，连带着脖颈处青筋也凸起了，但自始至终，他一句话也没说。

“行了。”陈川回头看他，放下杯子轻轻叹了口气，“我就说这些，你自己好好想想吧！”

宋至肴抿唇，想说些什么。

陈川却已经抬脚往外走，背对着他摆了摆手。

“姐！你想什么呢？”

周呈韫顺着程舒窈的目光看过去，只看见个头发半白的老头子从楼上下来，他立马瞪大了眼睛：“不是吧？姐，你居然喜欢这一类的？丧心病狂啊……嘶！”

他话还没说完，头上立马挨了一记。他捂着脑袋嗷嗷叫唤起来：“你不能因为被我发现了秘密，就想谋杀亲弟弟啊，其实我这个人很开明的，年龄不是问题，只要我姐喜欢，我现在就去给你打听那是哪个院儿的教授，三分钟就帮你搞定这个人的所有资料……哎，我错了，我错了。”

他满嘴跑火车，见程舒窈再度抬手，立马认错，然后笑嘻嘻绕到她身后，又不死心地从她肩膀上方探出脑袋：“我开玩笑呢，姐，你就帮帮我呗，就一次，把许清约出来一起吃饭好不好？

“我请客，在你店里包一个月的午餐，行不行？

“姐——求你了。”

程舒窈还想着刚刚在办公室门口和那老先生擦肩而过，紧跟着就听见里边怒不可遏的斥责声，又忍不住想到等在里面的宋至肴。

他一个在驾校给舅舅帮忙的教练员，跑来A大做什么？

“姐——”周呈韫人高马大的，拉长了尾音，半弯着身子，脑袋蹭在她肩膀上。

程舒窈回神：“干什么？”

于是，他只好又重复了一遍。

小屁孩这点心思，也就三分钟热度。

“什么许清，叫许清姐，”程舒窈没把他这点儿想法真往心里去，幽幽打击道，“许清已经有男朋友了，你别乱打主意。”

“不可能！”周呈韫笃定。

“许清姐要是有男朋友的话，那她两次拒绝加我微信的理由就应该是‘我已经有男朋友了，不接受搭讪’，而不是说她没有微信。”

“你翘掉军训，偷溜出去的账我还没跟你算呢！”

周呈韫还想说什么，见许清买了水回来，他立马整理好衣服，正儿八经站得笔直，接过水，乖乖巧巧道了声谢。

然后，他冲程舒窈递了个眼神，后者也不知道在想什么，根本无动于衷，他只好靠自己了。

“许清姐，今天也麻烦你特意跑一趟了，我请你吃饭好不好？就在我姐那儿。”

周少爷从小到大都是被捧在掌心的那一个，从来没有过追女孩的经验，情急之下，他只好照搬狐朋狗友那些请客吃饭约活动套近乎的套路。

许清拧开瓶口喝了口水，毫不留情地拒绝道：“不麻烦，我只是陪舒窈，不是为了你的事儿。”

“我的事儿就是我姐的事儿，一样的，”他嘿嘿一笑，“你不想吃饭的话，我们下次也可以去玩点别的，我上次看你蹦极很熟练啊，我也特喜欢这些，你看我们是不是很有缘分？我还认识很多这方面的朋友。你喜欢玩什么？滑雪？攀岩？翼装飞行？以后可以一起啊，我拍照技术巨好，保证让你成为朋友圈中最靓的崽。”

许清这才停下来看他一眼。

周呈韫目光灼灼：“还……”

“一，我去蹦极只是为了陪客户，跟你有缘的不是我，是客户，他今年四十三岁，离异，秃顶，如果你愿意，我可以留他的联系方式给你。”

周呈韫：“……”倒也不必。

“二，挑战极限运动的意义也从来不是为了在朋友圈炫耀。”

周呈韫：“……”我也不是。

“三，不会搭讪就别强行搭讪，怪尴尬的，”许清看他，“弟弟，我今年二十四岁，对你这种未成年没兴趣。”

周呈韫不满地说：“我成年了，姐……欸，人呢？”

“哎，不是，你说你咋想的？就为一个小混混，至于吗？”唐砚拎着迷彩外套，随手甩在肩膀上，下了楼梯转角后，他偏过头去看宋至肴，“在这之前，我以为多大事呢，值得你给人玩儿命揍。”

“一时没收住。”宋至肴淡声道。

“可拉倒吧，”唐砚嗤他，“我可听繁哥说了你那些事情了，您什么时候收住过？”

陈繁是宋至肴的战友，唐砚的表哥，平日里没少跟唐砚提起宋至肴的事情。

“哪，云城那次，你愣是徒步在老树林里追了人两天两夜，差点儿没跟那杀人犯一起喂毒蛇。还有楚洲，你跟一屋子亡命之徒近身肉搏，为首的那个差点儿让你把脑袋卸下来。还有上次，是个老手人贩子吧？你进医院躺了多久？”

宋至肴没说话。

“说实话，哥，我真的挺佩服你，”唐砚哥俩儿好地钩住宋至肴的脖子，拍拍他肩膀，又沉沉地叹了口气，“也羡慕你们这些常年上一线出任务的，嫉恶如仇，惩恶扬善，亲手抓那些浑蛋，想想就觉得带劲。”

宋至肴笑笑：“哪儿有那么容易，别想得那么热血。”

“可是，哥，你每次都这么玩命，不怕吗？”

不怕吗？

宋至肴垂眸，似乎很认真地想了下，脑子里却是空落落的。

唐砚还在等着偶像给自己丢一句极富哲理的人生格言打算用来做座右铭的，结果等了半天，一个字儿也没等着。

宋至肴只抬头看了他一眼，笑笑，没说话。

嘶，还挺神秘?

唐砚忍不住在心里琢磨宋至肴这一笑是不是有什么深意。

程舒窈站在一楼大厅的柱子边，听见了这么几句对话。

宋至肴半低着头，不急不缓地从楼梯上下来，时不时接身边人一句话，目光无波无澜，神色平淡。

两个人视线相对时，她才回过神来——

她折回来要干什么来着?

她只好率先错开视线，有点无措地挠了挠眉尾，然后干巴巴偏过头去看唐砚。

宋至肴似是想到了什么，轻笑一声，然后喊住唐砚："小朋友年纪小玩心重，这挺正常，不是什么大事儿，回头跟唐院说声，长了教训就成，没必要太小题大做。"

唐砚微微一愣，又看了眼程舒窈，很快反应过来。

这是在说周呈韫的事情。

"哎，"唐砚应了声，然后看向宋至肴，"放心吧。宋哥，我就先撤了，明儿请你吃饭。"

"谢谢。"程舒窈说。

"嗯。"宋至肴神色淡淡的，单手插在裤兜里，下了楼梯最后两个台阶，然后漫不经心地往她脚上瞥了眼。

平日里看着咋咋呼呼，小脑不发达，关键时刻还挺有胆量。

他想到那天她骑着小电动车从巷子那头蹿出来，三两下将人压倒，然后得意地冲他扬手……再之后是民警被捅伤，他情绪失控，失心疯似的压着小混混打，给人揍得满脸血。

好像那天见血是多了点。

她这几天连训练场都没去。

想来是真的被吓到了。

两个人一前一后出了大厅门。

程舒窈跟在后面，偷偷地看宋至肴。

宽肩窄腰，身形挺拔，短发干脆利落，露在外面的小臂线条流畅，一路往上，隐约看得见充满力量感的肌肉，又不会过于夸张让人反感，再之上，脖颈处筋脉起伏，下颌线分明。

嘴巴毒，性子冷，但心肠其实又很好，只是有时候似乎又过于偏激。

她真的还挺好奇，这人身上到底背着什么样的事情。

“怎么谢？”

他突然停下步子，转过头垂眼看她。

程舒窈还在偷偷打量人家，这会儿视线相撞，冷不防被抓了个正着。

她有些心虚又茫然地睁着眼睛：“啊？”

随即才反应过来。

2

公寓。

厨房里油烟机嗡嗡作响，隔着透明的玻璃门，可以看得到里面忙碌的人影。

油温渐渐升高，葱姜蒜入锅，混合着辣椒花椒等调料爆香，汤是高压锅里提前炖好的骨头汤，鲜香浓郁，空气里满是诱人的红油锅底香气，闻着便让人食指大动。

许清帮忙把娃娃菜放在水龙头底下反复清洗过几遍，然后装进盘子里，回头指了指外面："你那位'愤怒调节障碍'患者？"

"注意用词，"程舒窈拿出个鸳鸯锅，把调好的红汤锅底倒进去，转身去盛清汤，"愤怒调节障碍是你说的。"

"OK，"许清手上动作利落，无所谓地耸耸肩，"也是，毕竟我不会带有愤怒调节障碍的人到家里来给人煮火锅吃。"

程舒窈听出她话里的调侃，没好气地翻了个白眼："对啊，按理来说，应该是周呈韫来。"

欠人情的可不是我。

不过后半句程舒窈没说出口。

而且，宋至肴也不是没帮过自己。

这么一想，她就又有点心虚。

"总之呢，互相帮忙是一回事，走得太近又是一回事，你自己交朋友自己多留点心，"许清帮忙处理好食材，洗干净手，俯身抱起在她裤腿边磨蹭的蓝胖子，"说'愤怒调节障碍'可能有点严重，但像你那天描述的情况，虽然坑蒙拐骗的小混混是社会渣滓，但他扑上去下死手的那种打法，很难说性子里没有那种暴力因子。犯罪学上说……"

眼看着这个话题就要被她带入更高层次的学术讨论中，程舒窈忍不住打断：“哎呀，好啦，哪有那么复杂，我那天就是太震惊了，难保不会有添油加醋的成分在里面，没必要这么分析啊。”

程舒窈当时真的是有点被唬住了。

许清揉着霸王龙的脑袋，侧过身来认真看她，忽然笑了：“恭喜你，程舒窈。”

许清看看她，又看看外间的人影：“当你听不得别人说对方任何一点不好的时候，那么恭喜你，学会护短了。

“护短的另一个意思是什么，你知道吗？

“是偏爱。”

厨房里两个女生有说有笑。

周呈韫抱着个红苹果，跷着二郎腿坐在客厅沙发上，一脸欣赏地看着里面的人，然后偏过头，冲着阳台那边的人咧嘴一笑：“我姐贤惠吧？”

宋至肴没应声，低头处理猫砂。

“老话说得好，上得厅堂下得厨房，”周呈韫手里的苹果咬得“咔嚓咔嚓”响，“我姐，人美心善，进能融资创业叱咤商圈，虽然现在只有一家餐厅，但是你别小瞧它啊，这很不容易的。再说了，以小见大，我姐以后就是垄断餐饮业的大佬！退能相夫教子，种花养猫……”

宋至肴幽幽地看了眼唯独对程舒窈退避三舍，龇牙咧嘴的蓝胖子。

周呈韫马上改口：“这个不算，我姐其实特聪明……”

“比如，科目二S弯道学了半个月，依然能够稳稳当当地把车轮胎开进泥坑里？”宋至肴淡淡开口。

聊不下去了。

周呈韫三两下把剩下的半个苹果啃完，抬手一个标准的三分球手势。

“咻——”

没进。

苹果核撞到垃圾桶边缘，弹了下，掉在地板上，迸出几颗籽儿。

撞上宋至肴的视线，他挠挠头，抽了两张纸巾过去，乖乖把苹果核捡起来丢进垃圾桶，收拾得干干净净，还碎碎念叨：“别装了，都是男人，谁还不懂谁那点儿小心思了？不是我说，哥们儿，喜欢谁就使劲儿怼谁这种路数，小学生都不用了。”

宋至肴懒得接话。

“看在你帮了我的分儿上……”

周呈韫挪到宋至肴身边，撞了撞他肩膀……没撞动。

这就有点尴尬。

不过没关系，周呈韫脸皮厚，直接选择忽略掉这个动作，又凑到宋至肴跟前，压低声音：“我们可以组个队啊，我帮你追我姐，你帮我打入对方内部，和我姐帮我追许清，怎么样？”

宋至肴：“……”

“你不信我？别的我不敢说，但我姐，我是绝对了解的，你听我的准没错，”周呈韫急于证明自己，思来想去，然后眼睛一转，指向厨房，“你猜她们现在在聊什么？”

“看我姐笑得这么……”他没好意思把“猥琐”两个字说出来，于是委婉地换了个词，“优雅，就知道，绝对在讨论帅哥。我们赌一把？”

宋至肴也不知道有没有把周呈韫的话听进去，他把手里的垃圾打包好，然后停顿片刻，转身准备进厨房去收拾垃圾袋。

“你最近转行研究感情了？什么偏爱，那我还不允许别的狗欺负我们家狗子呢！宋至肴是狗吗？”

刚走到门口的宋至肴就听到这一句。

这就是在讨论帅哥？？

抱着抱枕紧跟着过来的周呈韫尴尬挠头，错开视线，轻咳两声：“那啥，姐，要不我们还是去你那边吃火锅吧？不就是个保险丝坏掉了吗？我觉得不用等师傅过来了，大概或许可能应该，我能修。”

无人应答。

于是，他再次转头，故作惊喜道：“哎，宋哥，你这儿还有酒呢？那什么，我去给你们调个酒。”

因为饭前的这点儿小插曲，所以这顿火锅吃下来，气氛也不是那么轻松愉悦——

当然，这是对于在学校闯了祸惹怒姐姐，又说错话惹到这屋子主人的周呈韫来说。

于是，他火急火燎地吃完饭，拉着许清随便找了个借口就赶紧开溜了。

屋子里剩下两人一猫。

酒足饭饱的程舒窈捂着肚皮满足地瘫在沙发上，看着一桌子的杯盘狼藉，指挥宋至肴：“你吃完洗碗刷锅啊。”

宋至肴从红汤锅里捞起一块牛肚，吃得津津有味：“为什么？”

“国际惯例啊，煮饭的人不用洗碗，”她没给他拒绝的余地，扯出个微笑，“所以，辛苦了，不客气。”

“可这顿饭本来就是你为了感谢我做的，”宋至肴抄起旁边的啤酒，灌了一口，然后毫不客气地把手里的小碗递给她，“再调一个油碟，不客气，你应该做的。”

顿了顿，他继续道：“更何况，你还占用了我的厨房，用完别人的东西要处理干净再还回去，你妈妈没教过你吗？”

程舒窈微微一愣。

还真没教过。

自爸爸走后，妈妈就很少在她身上花心思了，直到后来再婚，妈妈又将她送到乡下生活，母女之间除了点经济往来，基本上就算断了联系。

她从沙发上翻了个身，蓝胖子被她压到尾巴，不满地“喵呜”一声，一跃而起，蹦到宋至肴肩膀上，“猫仗人势”似的冲她挥了下爪子。

她以牙还牙冲它挥了挥爪子，龇牙咧嘴比了个鬼脸，然后伸手去够桌上的啤酒罐。

宋至肴先她一步，“嘣”一声打开盖子，递过去，试探道：“再吃点儿？”

“不吃了。”她起身调了个油碟给他。

“谢了。”宋至肴安心地低头吃起来。

红油汤底咕噜噜作响，热气氤氲，空调温度调得很低，但他们都还是出了些汗。

程舒窈发现宋至肴吃东西真的很认真，速度很快，也吃得很干净。

她喝了口啤酒，盘腿坐在他对面的沙发上，问道：“好吃吗？”

他抬头看她，没说话，然后又低头继续吃。

“我妈不喜欢我做厨师。”

她把诊所那边的离职单交了，说实话，心里挺畅快，但到现在她都还没正儿八经跟妈妈说过这事儿。

其实挺矛盾的。

“你说，她这人是不是挺奇怪，”想到这件事，程舒窈就觉得有点烦躁，她捏着啤酒罐又喝了一大口，然后像是笑了下，“十几年了，也没关心过我过得好不好，有没有被同学欺负，有没有考第一名……可等我毕业了，又打着为了我好的旗号，安排我进诊所上班，说是稳定体面。成年人说梦想，是不是特可笑啊？”

宋至肴只把这当成是她的吐槽发泄，埋头继续吃东西，一句话也没接。

虾滑，毛肚，肥牛，金针菇，酥肉……

“我来这里上大学，离她近了一些，我也想缓和修复一下我们的关系，所以就乖乖听她的安排。可我处处妥协，为什么既没觉得跟她的关系改善了，也没觉得自己快乐呢？”

她又开了罐啤酒，依然保持盘腿坐在沙发上的姿势，看着他继续吃火锅。

“程舒窈，”宋至肴慢条斯理地吃完最后一个丸子才抬眼看她，“你今年几岁了？”

“啊？”

他嗤笑了一声：“几岁了，还要按照你妈的安排生活？”

“你怎么骂人啊？”她倒是很会抓重点，眯着眼睛审视他。

宋至肴盯着她看了三秒，目光下移，落到她手里的啤酒罐上，冷淡道：“要喝酒就回你那边去，真醉了我就把你和这肥猫一起从窗户丢下去。”

霸王龙看看宋至肴，又看看程舒窈，然后再次冲着罪魁祸首龇牙咧嘴地“喵呜”了一声。

程舒窈也来脾气了，模仿着它的样子，故意张大嘴巴，更大声地冲它“嗷呜”叫唤。

宋至肴看着一人一猫，愣住了。

他三两口把最后一点东西吃掉，然后起身，拎着肥猫脖子把它丢到一边儿，然后动作利落地收拾碗碟。

顿了顿，他才道：“不是所有事情都能弥补和修复，所以也没必要较真。

“从你长大成人的那一刻起，就是独立的个体，各自过好自己的人生，就挺好。

“过去的都过去了，你该有自己的生活和抉择，没必要再为以前的事情耿耿于怀，更没必要用你现在的生活为它买单。”

盘子摞在一起，发出清脆的碰撞声，他左手拎着锅，右手拿着一叠碗碟，起身往厨房走。

程舒窈低头看着屏幕上的奥卡美食大赛报名表，片刻后，她微微扬头：“那你呢？”

宋至肴动作一顿。

程舒窈是被电话吵醒的。

清晨的阳光从没拉严实的窗帘缝隙中透进来，正好映在她眼皮上，格外刺眼，她下意识眯着眼睛，伸手挡了一下，然后才迷迷糊糊地翻了个身。

耳边手机嗡嗡作响。

她闭着眼睛胡乱摸索，然后凭感觉按了接听。

对方刚“喂”了一声，她头皮一麻，整个人瞬间清醒，差点儿弹起来。

“舒窈，你那边怎么什么都看不见？”

手机摄像头被毯子罩住了一大半，她手忙脚乱爬起来坐直，胡乱抓了抓头发，然后捂住摄像头：“是吗？妈，是不是网不太好？我这会儿有点儿忙，手上拿的东西顾不太上，你稍微等会儿，我再看看。”

霸王龙窝在她脚边睡得正香，冷不防被搅了清梦，看了她一眼，然后翻了个身，拱拱腰：“喵唔——”

嘴巴被人暴力捂住。

它用力一蹬腿，肥硕的身躯灵活地从她手里挣脱出去，然后发出更大声的不满控诉。

“你又没去诊所？”电话那边语气立马冷了下来。

程舒窈一边胡乱应付那边，一边揉着腰从沙发上爬起来，才发现自己浑身酸痛，还穿着昨天的衣服。

她环视一周，直到跟冰箱顶上的蓝胖子四目相对，记忆才慢慢回笼。

她倒不是几罐啤酒就能放翻的量，但有个沾点儿酒精就犯困的毛病，昨晚都没听完宋至肴最后说了什么，她就倒头睡着了。

然后好像被他无比嫌弃地提溜着衣领……也没拎起来。

最后，她真的就在沙发上过了一夜。

果然，绅士地让出大床，温柔地将女孩子放到床上什么的，也就是偶像剧里才会出现的情节。

在宋至肴这种钢铁直男这里，就只剩下三个字——想！得！美！

她揉着酸软的肩膀和脖颈，看着收拾得整整齐齐的床铺，在心里吐槽道。

电话里，妈妈还在问她上班的事情，她捂着摄像头没敢撒手，脑子转得飞快：“不是，没骗您……我今天稍微晚点儿出门，有个患者就住我们小区，早上突然出了点状况，我就先过来帮他看看！”

虽然说辞职的事情已经确定，但她一时半会儿还没想好要怎么跟妈妈说。

想到这里，程舒窈越发觉得烦躁，她揉了揉乱糟糟的脑袋，似泄气一般重新将头埋进毯子里：“哎，对！”

宋至肴从外面开门进来的时候，看到的就是这么一幕——

程舒窈弓着身子，整个人以一种极其扭曲的姿势趴在沙发上，跟鸵鸟似的把脑袋捂在沙发上的抱枕和毯子之间，只露出一小截光洁白皙的后颈。

“我这个邻居，牙口是真不好，年纪轻轻就满口蛀牙，还要做矫正。这不，一大早他牙套坏了，就火急火燎地先让我帮忙看看！

“医者仁心，我也不能为了不迟到，就不管他的死活啊。”

“牙口不好”的宋至肴把手里的早餐丢在餐桌上，要笑不笑地说：“程舒窈。”

程舒窈被吓了一跳，猛地从沙发上直起身来，也不知道宋至肴听到了多少。她只好先苦着脸，比了个噤声的动作：“求求你了。”

然后，她冲进卫生间，反手关上门，打开摄像头，扯出个微笑：“对，他催我帮他看看，我先洗个手。那就先不跟您聊了，挂了啊。”

“等等，”程妈妈在那边喊住她，“我今天早上主要是跟你说另外一件事的。”

“您说。”

程舒窈迅速在水龙头下洗了把脸。

“你现在也不小了，妈妈的意思呢，你大学和工作都在这边，我跟你周叔叔，还有弟弟也都在这里，所以你完全可以在这边落户安家。”

程舒窈听着，心里有种不好的预感。

果然——

“你周叔叔公司最近新来了个财务总监，我见过几次，觉得人还不错，你要不要……”

“不要！”

程舒窈果断利落地打断妈妈，觉得自己头更疼了。

“程舒窈！你不要这么……”

卫生间门被敲了两下，玻璃门外人影微动。

“妈，”眼看着对方语气明显不好，程舒窈只好胡乱道，“我的意思是，我其实有男朋友了，就不耽误人家了。”

程妈妈显然不信她的鬼话：“你身边就那么几个人，我怎么不知道你什么时候交了男朋友？”

程舒窈开门，宋至肴见她电话还没打完，也没讲话，指了指餐桌。她瞬间灵光一闪：“可我身边还有患者啊。”

“我本来想等关系稳定了再跟你讲的，其实吧，”她信口胡诌，“我这会儿就是过来帮他看牙的。”

“哎，对对对，可不是？”自己扯下的谎，跪着也得认下去，程舒窈演得无比恳切又可惜，“什么都好，就是牙不好。”

宋至肴有点蒙。

“帮个忙，帮个忙！”程舒窈捂住话筒，恳求道，“从现在开始，你就是我男朋友了。”

“凭什么？”宋至肴一脸冷漠地问。

“一周三餐，苹果派雪媚娘鳗鱼饭玉子烧亲子丼小龙虾椒盐排骨红烧鸡翅章鱼烧辣子鸡丁番茄牛腩茄汁鱼块狮子头佛跳墙……”

“一个月。”

程舒窈咬牙切齿地点头：“行！”

于是，下一秒——

“宝贝儿，早餐要凉了。”

程舒窈手一抖，电话差点儿砸脚上，一句脏话差点儿脱口而出。她看了看面无表情说出这句话的人，艰难地吞了口口水，下意识摸了摸自己胳膊上的鸡皮疙瘩。

一时间不知道该说这人人格分裂，还是该感叹他入戏真快。

话音落下，电话两头的人便陷入了短暂的沉默。

宋至肴自顾自地把桌上的早餐摆出来，小声说：“按照国际惯例，买饭的人不需要洗碗。”

程舒窈还陷在他的“硬汉柔情”里，面对不冷不热跟她谈条件的人，暂时不知道该做什么表情出来。

宋至肴把牛奶从微波炉里拿出来，见她还僵在原地没动，瞥了眼她手里还没挂断的视频电话，于是——

“阿姨？”他吊着眼尾笑，作势还要扬声，“啊……”

倒也不必这么敬业。

程舒窈心里一惊，立马冲过去捂他的嘴。

结果动作太急，踩到脚边还没来得及收拾的啤酒罐，她踉跄了两步，重心不稳往前扑过去。

宋至肴正准备坐下，被她这么迎面一撞，两个人面对面直直栽坐在椅子上。

她手里电话还没挂断，几乎扑倒在他身上，四目相对，两个人都不由得睁大了眼睛。

随即才反应过来近在咫尺的温热。

“喂？

“网怎么不好啊？”

见这边迟迟没有出声，程妈妈在那边仔细端详手机，自顾自念叨着。

程舒窈这才回过神，迅速挂断电话，撑着宋至肴硬邦邦的胸膛重新直起身来。

脸已经热到发烫，仿佛能听见自己重重的心跳声。

嗯……头可断，血可流，面子不能丢，只要我不尴尬，尴尬的就是别人，不就是碰了一下吗？虽然部位有点特殊……

她轻咳两声，站得笔直，然后装作什么事情都没发生过，故作潇洒地说：“那什么，胸肌也不怎么样啊，你真是白练了这么久！”

宋至肴不急不缓地坐得端正，漫不经心地瞥了她一眼，轻笑：“嗯，是不怎么样。”

嗯。

很好。

气氛不尴不尬，十分完美。

程舒窈心想。

她正打算忽略掉这一大早的乌龙事件，重新开启美好的一天，然后就听到宋至肴又补充了一句：“那你脸红什么？”

程舒窈真的想捂脸，但是！头可断，血可流，气势不能输……算了，好汉不吃眼前亏。

“喂？哎，修保险丝的师傅是吗？

“好的好的，我马上回来。”

她装模作样地接起屏幕一片黑暗的电话，别扭地转移话题，还不忘顺走一袋牛奶，一边往外走，一边故作淡定地跟宋至肴道："走了，再见拜拜！"

大门砰地被关上。

睡得正香的蓝胖子被吵醒，纵身一跃，跳到饭桌上，歪着脑袋端详宋至肴的表情半晌，刚要凑过去，就被他一把拍开了。

他看着它，又想到它主人刚才的样子，片刻之后，他停顿了下，竟然鬼使神差地伸手摸了摸自己的嘴唇。

那点儿温热的触感仿佛还在。

他无声扬唇，很快又回过神来。

什么意思？自己变态了？！

他有些自嘲，用力搓了搓脸，随手把身上的运动 T 恤脱下来丢进洗衣机里，然后拎了条毛巾，转身进了卫生间。

3

程舒窈从诊所辞职这事儿最后还是被程妈妈知道了，尽管有欧阳老师从中调和，但母女俩还是不可避免地吵了一架。

一个觉得女孩子就该安稳地过完一生，不管怎么样，自己都是为了她好。

一个认为对方打着为她好的幌子，其实不过是为了满足自己的控制欲，而她试图用此事去缓和两个人的关系，是很荒唐又愚蠢的事情。

但说到底，最重要的，她还是想遵循自己的内心，选择喜欢的事情。

秋意渐浓。

清晨六点钟，驾校的车子就一路往前开，渐渐驶出城区，上了高速，车窗外的景色也趋于单调。

开车的是冯戎，他胡乱揉了揉头发，叼着烟头，把车窗降下来，风立马从外面涌了进来。车内大家也纷纷清醒过来，烟味也散尽。

冯戎前天晚上搓了半天麻将，因为吼得太厉害，这会儿嗓子都哑了，他从车后视镜看向他们，嘿嘿一笑："咋样，都醒了没？"

这次的科目二考试场地安排在隔壁市，地方还挺偏，所以大家都要早起赶路。

同行的有四个学员。

"醒了，"江回正打着瞌睡，被凉风一吹，整个人醒过神来了，"还有多久到啊，教练？"

"个把小时吧，"冯戎啧啧嘴，"你们这帮年轻人不太行啊，六点钟起来就困成这样儿。"

"就是，"后座大叔这回已经是第四次考了，车技没问题，就是陋习太多，完全不按考试规则来，这会儿他扒拉着手机，眯着眼睛在看考试视频，眉头皱起，看上去无比烦恼，"教练，你看我这次能过吗？这次要再过不了，可就只剩下一次机会了。"

"叔，你都来四次了，还担心什么？"另一个胖胖的男生笑道，"都资深学员了，闭着眼也能兜完考场，哈哈哈。"

“臭小子，当我听不出来你笑话我啊？”大叔敲他脑袋。

几个人笑笑闹闹，气氛倒也活跃。

程舒窈作为车里唯一的女生，被很细心地安排在副驾上，不用跟后面三个大老爷们儿挤。

“挺好，我瞧着你们状态都还不错，至少不紧张，这就对了！”冯戎咬着烟蒂，吸了最后一口，熄掉，又嘱咐道，“都把身份证再检查一遍啊，别等会儿到了考场才发现自己没带东西，回头再搁我这儿哭哭啼啼的，我可没法子啊！

“放轻松，到地方了就按照工作人员的指挥考试，跟你们平时练车一样就成！争取咱们车上全通过，回去我请你们吃饭！”

后排欢呼说笑起来。

冯戎侧头瞥了程舒窈一眼：“没事，闺女，别紧张，你可是有宋至肴带着加训的，别怕，我瞧过了，你现在的技术没问题，稳过。”

她笑笑：“好。”

但紧张还是有点紧张的，尤其是在提到宋至肴之后。

毕竟，她跟着他练车的这些时间里，挨过的骂，前前后后加起来比前面二十多年里总共挨过的都多。

她脑子里也乱糟糟的，还想着昨晚跟妈妈争执的事情——

“你以为你有点儿成绩，就真的是天赋异禀，做什么事情都能成？”

“路还长着呢，你的餐厅能经营多久？”

“你就是从小没受过什么挫折，想法幼稚又天真，觉得只要自己想，就一定能成。”

“程舒窈，你就是个普通人，别把自己想得无所不能。”

她不明白，明明是亲生母女，为什么她从来得不到妈妈的任何支持和鼓励，永远只有不信任和打击?

手机突然振动，程舒窈瞥了眼屏幕，接起来。

“到哪儿了？”

“到……”她歪过头瞥了眼手边的导航，老实道，“胡桥镇，西涵高速。”

“嗯。”

就这?

程舒窈撇撇嘴，宋至肴这个时候打电话过来，就问这个?

但说不上缘由的，听见他讲话，她心里多少还是宽慰了些。

她刚想再说些什么，宋至肴又喊她：“程舒窈。”

“干什么？”

他听出她虚张声势的语气，难得也有她紧张的时候，于是他轻笑了声，也没像往常一样损她。

“好好考，”宋至肴说，抬手刮了刮眉尾，“别给我丢人。”

程舒窈深深吸了口气，沉默半天，老老实实“嗯”了一声。

桌面被叩响。

徐子启整理好西装纽扣，俯身盯着宋至肴，伸手在他面前摆了摆：“哥，去换衣服啊，干什么呢？”

徐子启昨晚是在宋至肴这里过的夜。

今天下午有爱信科技的新品展览会，徐子启为了做准备，头天晚上就跑来跟宋至肴讨论了。

宋至肴在部队这么些年，虽然没有系统地接触过这个行业，但他早年跟徐子启一样，对这方面格外感兴趣，并且极具天赋。而且这几年宋至肴也断断续续看过国内外相关报道，加上平日里经常跟徐子启联系，两个大男人没有那么多煽情的话可聊，所以说得最多的就是工作和科技发展，以及各自的新看法。他心里还是有点底，徐子启对他也相当倚赖和信任。

“你先去换衣服，我让小李买早餐了，”徐子启安排得妥妥当当，“等会儿他会过来接我们，我们先去公司开个会，然后去会场确认一下细节。

“这可是公司成立至今最大的一场展览会，ROBOT-1系列全是我的心血，下午吴教授他们都会来，还有行业里一些发烧友，个个都是大佬，要能让他们其中随便一个来给咱们背书，或者吸引了哪个富二代大佬，回头他们在圈子里讨论两次，那就是高质量的免费传播啊。”

徐子启说到这些事情上时，跟他平时寡言少语的理工男完全是两种模样。

宋至肴喝了口水，听他说着，然后放下手里的杯子，转身随手从衣架上拎了件外套就往外走：“走了。”

“你就穿这个啊？”徐子启还在宋至肴衣柜里翻，这会儿回头紧紧跟上，“好歹是个展会，你就不能穿正式点儿？”

有些人大言不惭，笑着：“这不得给你留点儿发挥魅力的空间？”

徐子启反应了一会儿才想明白他这意思是但凡他收拾下，就彻底掩住徐总的光芒了。

不要脸。

徐子启忍不住骂了句，紧跟上去。

与此同时，另一边，T城驾校考场。

候考大厅里没剩下几个人了，大屏幕上泛着幽幽的蓝光，等候区和考试区名单轮番滚动。

程舒窈从外面回来，摘下脖子上的考牌交还给工作人员，签了字，然后闭闭眼睛，深深吸了一口气，才转身往外走。

她是同行的几个人里最后一个上车考试的。

其他人就等在外面。

见她出来，江回递上一瓶水："舒窈姐，没事。"

"就是，"大叔也拍拍她的肩膀，安慰道，"第一次没发挥好很正常的事儿，你看叔，这不都来第四次了？年轻人，这么点小问题，很正常的。"

胖胖的男生也推了推眼镜，一时间不知道怎么安慰："对，这就是个意外，一回生二回熟，下次一定没问题。"

程舒窈扯出个笑，接过水拿在手里没喝，点点头。

"不是，怎么回事啊？"冯戎本来在熟识的教练办公室里聊天，知道这边考完了，这会儿火急火燎赶过来，"怎么就没考过呢？"

他只是不可思议和遗憾，但架不住他天生嗓门儿大，性子急，这么一嗓子吼下来，脸上的疤痕都扭曲了，显得整个人气急败坏，怒不可遏似的。

“不该啊，程舒窈，”他说话像吼似的，又胡乱挠了挠脸，“你可是咱几个里面最聪明的，考试两次机会，怎么就凉凉了呢？”

科目二考试要求一次性成功通过倒车入库、直角转弯、坡道定点停车与起步、侧方位停车和S弯曲线行驶五个项目，还有其他考试细节的注意。

第一次有一处失败之后，考生可以将车开回起点，重新进行第二次补考，如果再次失败，则算考试不通过，需要缴纳费用预约下次考试。

五次封顶。

但越往后，人的心态越容易崩坏。

冯戎无意责怪，但的确是惊讶。

这姑娘聪明，平时训练也勤快，又有宋至肴带着加训，前天试考的时候一点儿问题都没有，完完全全可以满分通过的，结果今天变成几个人里唯一一个没通过考试的。

“程舒窈，你自己说说怎么回事？”冯戎想不明白，“我在监控室盯着呢，看你稳稳当当上的车，刚低头喝口水的工夫，一抬头就看见你挂了？还两次都挂在了倒车入库上。”

倒车入库是进考场的第一个项目。

程舒窈两次都轧线了，考试直接零分结束。

冯戎不是训斥和责备，但他嗓门儿一向大，这会儿噼里啪啦几句下来，像是在骂人似的。

“我……”程舒窈脑子里乱嗡嗡的，“我太紧张了。”

紧张这种情绪实在不该出现在程舒窈这种人身上，但她今天状态的确不好。

“没关系，教练，”她仰头对着冯戎扯出个笑，“我交补考费，下次再来。”

冯戎看了她一眼，欲言又止，随即瞟了眼来电显示，转身接起电话：“嗯，没过，考场都没机会绕一圈，直接在第一项就挂了……”

听他讲电话，程舒窈隐约猜出来了那边是谁，她下意识低头拿出手机，开机。

微信最新消息是两分钟前。

【宋狗：怎么样了？】

她犹豫了下，敲开对话框。

“那你跟她说？”冯戎已经三两步折回来，把手机递到她面前，“你小宋教练。”

程舒窈接过电话。

“怎么回事？”那边劈头盖脸就问，听不出语气。

听到熟悉的声音，她这会儿整个人好像才落到实地上，那点儿难过后知后觉地涌上来。

她不是输不起的人，尽管这些年事事顺心，风光靓丽，但也不代表她连接受失败的心态都没有。

她只是觉得愧疚。

宋至肴虽然毒舌，但这么长时间他起早贪黑，雷打不动地带着她练，考前还特意打电话，她也夸了海口，结果就拿到这么个结果……

好吧。

除了愧疚之外，她也觉得有点丢脸。

“就，”程舒窈对着电话，因为心虚，声音都小了些，她也不知道怎么解释自己今天的状态，“脑子一空。”

宋至肴气笑了：“脑子空不要紧，重要的是别进水。”

也不知道是在嘲讽，还是在告诉她别因为考试没通过就犯傻。

放到平常，她肯定要回怼过去，但今天这话说不出口，半天过去，程舒窈才很轻地说：“对不起。”

倒也不是经不起一次考试失败的打击。

只是真的愧疚。

愧对冯教练对自己的百般照顾和期待，愧对宋至肴陪自己早起的许多个清晨。

“程舒窈，”他喊她，像是笑了下，“你别是故意的，想借这个机会，多跟我相处一阵子？”

放屁！

“你有病还是我眼瞎？”她终于忍无可忍。

宋至肴笑笑，挂断了电话。

程舒窈心情却莫名明朗了不少。

冯戎这才放下心来：“得了，一场考试而已，别往心里去，别想了，走走走，说好的请你们吃饭。”

宋至肴折回会议室里。

他不算公司里正式挂名的管理层，也没心思折腾这些，这会儿完全是看在徐子启的面子上作陪，他随便拉了把椅子坐下，时不时听几句他们讨论的内容，整个人显得有些散漫。

其实都是早已准备好的展会作品介绍和试用安排。

ROBOT-1 系列是爱信研发的新型机器人系列，包括通过建模再利用 3D 技术打印完成的仿生动物作用于医疗和农业，以及计划推进诸如酒店物流等服务行业中的智能型陪伴机器人、医疗中的一次性迷你机器人等。

郑乐成站在最前面，讲得兴致勃勃。

宋至肴扫了他一眼，手上把玩着手机，片刻之后，还是给徐子启发了条消息，打了个招呼准备离场。

“是有什么急事吗？”徐子启不放心。

他想了想，不置可否，拎了车钥匙就往外走。

“下午准时过来啊，”徐子启还挺担心，追喊了一句，“有事给我打电话。”

考场地方偏僻，周围叫得出名来的餐厅也不多。

于是几个人随便找了家店吃了个饭，冯戎说到做到，自掏腰包请客，教练做到这个份上，也真的是挺厚道。

胖子他们倒纷纷不好意思了，个个嚷着回头要把身边人都介绍到冯戎这里学车。

大家边说边笑，一起往门口走。

程舒窈跟在最后面，准备上车打道回府的时候，冯戎忽然挡在车门前，笑了下。

她顺着他的视线看过去。

马路对面停了辆黑色越野，来人站在车边，低头百无聊赖地把玩着打火机，侧影轮廓分明硬朗。

这里地方偏，他身后就是建到一半的房子，钢筋水泥混堆在地上，路上灰尘四起。

那儿与他的形象格格不入，他站在那里，偏偏不受半点影响，与生俱来的气质让周围都似乎镀了层光亮。

察觉到她看过来的视线，他才抬眼，收起打火机，笑得散漫。

“打表计费，走不走？”

Chapter 05 意外的吻

/ 兴许是荷尔蒙作祟吧，她踮了踮脚 /

1

下午两点，爱信科技新品展览会场，人山人海。

有工作人员出来接宋至肴进去，程舒窈不明所以，只紧随其后往里面走。

女孩子对电子产品大多没有太浓厚的兴趣，她也从来没有来过这种场合。

展厅地方很大，各种展台交错摆放，黑白色主题，透明玻璃格和展柜把内场切割成不同区域，简约又不失艺术感。形状各异的高科技产品琳琅满目，小到芯片、机械手、电子宠物，大到陈列的智能家电和工业式机器人……各种机械音混杂着不同仿声此起彼伏，背景宣传短片循环播放，科技感十足。

才刚进门，便有一人高的仿真机器人过来打招呼。

程舒窈图个新鲜，注意力瞬间被吸引过去，直到对上宋至肴的目光，她才掩饰道：“来这儿干什么，你改行卖机器人了？”

宋至肴看她嘴上这么问，手上东摸摸西碰碰，倒是玩得不亦乐乎，轻笑一声：“对，你买吗？”

“我买……”

程舒窈话还没说完，徐子启和郑乐成就陪着投资人从里面走了出来，兴致勃勃地跟对方介绍和讨论新产品。

“2017 年 6 月，就有澳大利亚阿德莱德大学的研究人员开发出全新的人工智能系统，通过对人体器官的照片进行观察，从而预测寿命，后来以 48 位病人为例，分析他们的胸部医疗图像，预测其中一部分人会在五年内死亡，准确率一度高达 69%。

“去年四月份的时候，广东那边完成了全国第一例利用 AI+5G 技术，给心脏病患者进行‘补心’的手术，而且相当成功。所以 AI 未来在医学临床上一定会有更进一步的落地应用。像我们现在正在做的这种仿生器官研究，很快也可以落实，比如瘫痪、截肢，甚至是失忆患者，他们都可以借助芯片和感应器直接完成大脑信号的链接和传播，然后就能重新站起来或者重新植入记忆……”

见宋至肴过来，徐子启摆摆手招呼了声，但嘴上仍没停下来过。

连旁边的投资人都笑了。

郑乐成战斗力不行，只是摸摸鼻尖，讷讷地扯了下嘴角。

程舒窈倒是难得见徐子启这样，跟平日里的理工男形象完全不一样，又说不出具体哪里不一样，只觉得他整个人神采飞扬，眼睛里都是光芒。

“他家往上三代从政，徐叔是出了名的老顽固，一根筋，”宋至肴随便找了个地方坐下，有工作人员接了水送过来，他递给程舒窈一杯，朝徐子启抬了抬下巴，“徐子启，当年的高考理科状元，放别人家里的话得放鞭炮敲锣打鼓庆祝那种，但这小子，那天晚上腿差点儿被打折。

“因为志愿闹了分歧，徐叔想让他也走从政的道路，他不乐意，掐分掐点赶在最后时间里改了志愿。三更半夜，穿了件大背心，趿拉着拖鞋，鼻涕眼泪挂一脸地飞到我那儿去，还被门口警卫当成了不明危险分子，提溜着胳膊扭送进来的。”

有画面了。

程舒窈没忍住，“扑哧”笑了一下。

“再后来，大学的时候，徐叔不死心，想让他去考个公务员，副业他自己怎么玩都没问题，但他就是不乐意，父子俩彻底闹掰了，大学四年他都没回家。

“刚毕业他又开了个小公司，干这行的真的是拿命在熬。自己的公司，设备、招聘、投资、研发、财务……上上下下哪个不得他操心？完全是从头摸索做起。

“求神拜佛装孙子，那些糟心事儿他全干过。”

宋至肴像是想到什么，笑了下，转过头轻飘飘地看了她一眼，语气却是一如既往的很散漫：“你觉得他开心吗？”

程舒窈看看徐子启，鬼使神差地点头：“开心。”

“扯吧，”他嗤笑，“谁放着舒服的日子不过，乐意给人装孙子还能开心？”

程舒窈没说话，一时不知道该如何反驳。

“但大家不都这样？难道你想开开心心把你喜欢的事儿做了，全世界人就都得配合你支持你帮着你？哪儿有那么好的事？

“就像老徐坚持想做人工智能一样，那徐叔也能有坚持自己想法的权利是不是？每个人都有自己的世界观和立场，你不能强求别人都跟你保持一致，老徐当初要真听了徐叔的话，也不会气得徐叔现在都不乐意搭理他，可是这能保证以后不再有分歧吗？除非老徐能一辈子妥协，但那不就活成了第二个徐叔，有意思吗？”

程舒窈从前没看出来，他还有这么耐心劝人的时候？

她这些天钻牛角尖的那些阴郁也消散了大半，她抠着透明杯子边缘，歪过头去看他：“所以……”

“所以你补考费要是多得花不出去，不如以后按时计费，给我交点儿陪练费？”

得，还是熟悉的配方、熟悉的味道、熟悉的冷嘲热讽。

亏得她刚才还感动了那么一下下。

浪费感情。

她无声地翻了个白眼。

见宋至肴起身往外走，程舒窈连忙问道：“你干什么去？”

他瞟了眼手机屏幕，回头扯出个笑，一字一顿：“放水，你去吗？”

“无聊！”

“喂。”

穿过走廊，转过弯，宋至肴才停住，他斜靠着身后的柱子，脸上的笑意沉下来：“你说。”

电话那头“刺啦”响了一声，像是推拉门打开的声音，紧接着对方压低了声音：“对不住啊兄弟，你让我帮忙查的事情，我……”

话没说完，电话那头就传来老头子一声骂，紧接着，电话那边的人像被人踹了一脚似的，“哎哟”了声，一阵混乱的奔跑之后，像是换了个地方，才稍稍安静了些，那边应他：“还真没查出什么东西来。你也听见了，我这儿还没查出什么呢，就被我家老头儿发现了，说我再跟你胡闹，腿都给我打折。”

顿了顿，电话那边的人又叹了口气：“这事儿也不用琢磨，肯定是老陈头都给通过气了，不想让你再折腾这些。

“不是我说，换了别的，兄弟你一句话，我肯定命都给你搁这儿，但为了汪绍远这混账东西咱真的没必要。老陈头也不年轻了，你真当他心里过得去？他怕惹麻烦？他真的就只是不想让你涉险，如果叔叔阿姨现在还在，你觉得他们是站老陈头还是站你？

“不是哥们儿说啊，这事掐指一算也有十六七年了，汪绍远现在就算活着也五十多岁了，兄弟，你得信这善恶终有报，他这种手上沾了脏东西的人，不用你出手，他也不得好死……”

宋至肴低头把玩着手里的打火机，半边脸隐匿在背后无屏投射的光线中，面上神色没有半点儿起伏，一直耐心地听对方一句句说完后，嘴角才慢慢拉得平直，他不急不缓地问了句：“真的一点儿东西都没查出来？”

那边怔了下，才认命般地说：“哥，您真是我亲哥。上个月底，市局处理了个洗钱案，幕后黑手是刘每，当年跟过汪绍远。”

宋至肴手里的动作忽地一顿，眼睛亮了下。

那边紧接着道：“但也就这点儿，说明不了啥，这刘每说跟汪绍远这么多年都没联系，人估计早死了……”

“嗯，”宋至肴淡淡应声，“谢了，回头请你吃饭。”

“哎，哥……”

电话挂断。

时隔多年，又有陈川看着，宋至肴能查到的线索实在少得可以。

但当年汪绍远被全面通缉，逃出国外的可能性微乎其微，当然，这些年过去，他最好已经死了，不然活着总要吃饭睡觉，就总得留下痕迹。

宋至肴也总得把他抓捕入狱。

对刘每这人，宋至肴没什么印象，但不失为一条线。

宋至肴低头翻着通讯录，一边思考能在老陈眼皮子底下再找个什么人帮忙，一边往外走。

忽然想到什么，他又收起手机，揉了把脸，吸了口气，转身折返回了大厅。

徐子启才跟投资方聊完，瞥见宋至肴，立马放下手里的杯子跟过来：“哎，早上走那么急干什么去了？没出什么事吧？”

说着，他顺着宋至肴的视线看到程舒窈，瞬间恍然笑开，隔着老远冲她摆手打了个招呼：“早说啊，害我替你担心半天。”

他开玩笑道：“是我的疏忽，应该给你发个双人邀约的。”

宋至肴掰正他的脑袋，睨他：“走开。”

“怎么，不让看还不让说啊？这有什么不好意思的？男大当婚女大当嫁，你这都快奔三的人了，想交个女朋友什么的不也很正常？说实话，我觉得这姑娘不错，你说呢？”

“徐子启。”宋至肴正色喊他。

“哎？”

“操这么多心，”宋至肴视线忽然越过他，很淡地笑了下，“你自己屁股擦干净了没？”

话音刚落，徐子启还不明所以地微顿了下。

很快，方宓宁踩着高跟鞋噔噔噔地小跑过来，见徐子启要走，她面上表情忍不住有些崩裂，怄气道：“看见我就跑，我是魔鬼吗？”

徐子启只好停下来，求生欲爆棚，挠头笑得像个憨憨，又有点无奈：“你不是，你是仙女。”

刚过来的程舒窈跟宋至肴对视一眼，双双无语。

“宓宁，你刚刚看见了吗？窦总对咱们今天的展评价很高，也对我的作品特别感兴趣，你……”郑乐成兴冲冲的，边走边说，才过来就看见站在旁边的徐子启，他很快收起笑，扶了扶眼镜框，安分又端正地叫道，“徐总。”

徐子启随便跟他点了点头，忙着哄女朋友，生怕方宓宁再提学车的事情，立马先转移话题：“晚上想吃什么？你前天看上的那条项链我已经托人在国外买到了，这两天就能到。”

方宓宁看了眼宋至肴，不依不饶坚持道：“我要学车。”

徐子启彻底无奈了：“祖宗，学车有什么好？不信你问问他俩，训练场那地方是人待的吗？”

程舒窈和宋至肴再次对视，说话就说话，怎么还人身攻击呢？

“你有司机二十四小时待命，再不成还有我，你想去哪儿我都陪你，”徐子启耐心哄着，“不比你自己开车来得舒服？”

“她都可以，”方宓宁不服气，“为什么我就不行？”

徐子启气笑了，脱口而出：“为什么不行？你技术比她还菜，你心里没点儿数？”

有被冒犯到，谢谢。

很完美地展现了一句话同时得罪两个女生的直男技能的徐子启很快反应过来，他慌忙摆手解释：“我不是这个意思，宁宁。”

方宓宁脸涨得通红，扭头看向宋至肴，愤愤地控诉“他骂我们。”

宋至肴看热闹吃瓜突然被点名，他沉默半晌，迟疑着幽幽朝徐子启比了个大拇指评价：“厉害！”

程舒窈差点儿没忍住笑出声。

眼看着方宓宁要发脾气了，徐子启过去一把将人揽过来离开。

程舒窈生怕身边这位直男再跟上去，索性拉了人往反方向走。

“想笑就笑，憋坏了没人赔钱。”

“你们都是什么大脑构造？”

程舒窈真的笑出来了，暂且不论方宓宁跟他俩的关系，总之，女孩子控诉委屈的时候，绝对不是为了得到一句“厉害”的评价。

“不然呢？”宋至肴脚步没停，冷漠道，“我应该帮着她去把徐子启揍一顿？”

那好像倒也不必。

宋至肴本来就不参与公司的事情，今天来展览会场也是被徐子启拉过来撑场子，这会儿俩人边斗嘴边随便转了一会儿，他心里惦记着事情，看程舒窈也没再惦记科目二考试失利的事情了，就卡着时间准备回去。

“宋至肴，你下午还有事吗？”

“有事。”

“哦。”

程舒窈这会儿想起科目二考试两次直接都挂在第一个项目，那点儿挫败的难过情绪过去后，就只剩下不甘心，越想越抓心挠肺。

她花费这么多时间辛苦练车，明明之前都已经开车很稳当了，怎么考试时就脑子一白，直接轧线，搞得这么惨不忍睹呢？

她越想越觉得不服气，恨不得现在就预约第二次考试重考。

“那你下午有什么事啊？”她鬼使神差地追问。

走在前面的宋至肴面色微顿，突然停下来。

“关你什么事？！”

程舒窈还想开口，听到右手边角落里传来了争执声。

她顺着宋至肴的视线看过去，大理石柱后面的绿植遮住了一半身影，只看得到西装男人端着酒杯的背影，像是那会儿跟徐子启谈天说地的投资商。

站在他对面的人衬衫袖子挽到小臂处，抬手扶了扶眼镜框。

那个投资商抿了口酒，不急不缓地笑笑，很有耐心：“当然不关我的事，毕竟需要支付高额医药费，需要一个舞台来展示自己的能力，需要出人头地，光宗耀祖，让女孩子对自己刮目相看的人，又不是我。”

“年轻人，”他的声音里仍然带着温和的笑意，“你还是经历得太少，这人哪，有时候看不清自己真正的野心，就抓不住绝好的机会，往后是要后悔一辈子的。

“商场上哪有什么兄弟朋友？有的都是利益交换。

“爱信能给你的，我都能给，而且只多不少，你的能力不比徐子启差，你缺的只是东风。

“好，就算你是因为朋友情谊，你觉得在徐子启眼里，你能比得过他的发小宋至肴，还是比得过他的未婚妻方宓宁？更何况你还是一个惦记他未婚妻的人？”

“我没有！”郑乐成连忙反驳。

“我不跟你争论这些，你自己回去好好考虑一下。”

那边渐渐没什么声音了，前后脚步声走远。

程舒窈抿着嘴去看宋至肴的脸色。

他也没说什么，面色平淡，察觉到她的视线后他还回望了一眼，然后把玩着手里的车钥匙往外走："看我干什么？"

程舒窈忘了自己刚刚要跟他说什么了，现在满脑子都是郑乐成要被人挖走的事儿。

“你不担心吗？”

“担心什么？去留都是他自己的选择，爱信确实不算行业内巨头公司，他有跳槽往高处走的权利，都是成年人了，签过的合同做过的许诺，他自己会负责，”宋至肴侧头看她，“他要真乐意走，便也没留的必要，难不成我还能喊徐子启把他抓起来摁着？”

那刚才那人还说他惦记方宓宁呢？

不知道是不是看穿她的想法，他看她一眼，笑了声：“人也是。”

行吧，是她想多了，她还以为，按照他这人的脾气，肯定会直接拎着人一顿拷问，然后摔下合同让人走。

他往前走。

她跟在他屁股后面，眯着眼睛仔细打量他，又忍不住啧啧两声。

有时候觉得这人真的挺难琢磨。

看着脾气暴躁，一天不怼她就能要了他命似的，一言不合能红着眼把人揍进医院，可这从头发丝儿到脚指甲盖儿都写着“别惹我”的暴躁哥，又能淡定面对对手挖墙脚，还能时不时地给她灌两句鸡汤，还有个吃货灵魂。

她觉得他好像什么都知道，看得通透，又好像其实很执拗，一腔热血，耿直火暴。

“宋至肴，”程舒窈忽然灵光一闪，跳上车，反手拉上车门，嘻嘻一笑，八卦之火熊熊燃烧，“如果今天被挖的是你女朋友，你还能这么淡定吗？”

宋至肴发动车子，然后转过头来面无表情地看她。

这人又要开始了吗？

毒舌 BUFF（技能增强）加载中。

程舒窈觉得自己从他脑门儿上能看出这么几个大字。

“我跟你说，”她生怕对方一言不合又开始毒舌攻击，有点心虚，抠着手指，故作镇定地转移话题，开始胡扯，“你知道为什么你跟徐子启一样是直男，但人家有女朋友了而你还是个单身狗吗？你这样以后靠什么追姑娘？要不……”

她脑袋瓜儿转得飞快，小算盘打得啪啪作响。

“要不我教教你？”她狡黠一笑，“然后作为交换，这几天你再……”

她还在盘算着主意，话没说完，宋至肴忽然倾身过来。

两个人四目相对。

他瞳孔很黑，不笑的时候，眼神又深又沉，剑眉斜飞，五官轮廓分明，很有压迫侵略性。

他猝不及防靠拢过来时，她甚至可以很清晰地感受到他的呼吸，再稍稍往前好像就能撞上他的下巴，垂眼就能看见他突出的喉结，周围满是他的清淡气息。

程舒窈无意识地吞了吞口水，攥着手指，不可控地尽量往后靠，但身后就是椅背，已经退无可退。

她感觉自己大脑“嗡”的一声，头皮发麻，连带着脸颊都有点发烫，顿时一句话都不敢多说了。

宋至肴故意停顿了下，从这个角度，他能看得到她泛红的耳垂和脖颈。

他笑了一下：“大概靠出卖色相吧。”

“咔哒”一声，他伸手扯过她那边的安全带，系上。

车子启动。

程舒窈灵魂终于归位，然后她悄悄地瞄了他一眼，见他专心致志目视前方，才摸了摸自己胸口和耳朵。

这人就是故意的！

她真的太弱了！系安全带这么低段位的手段，她明明以前都嗤之以鼻，不屑一顾的！大意了！

宋至肴余光瞥见她脸上各种表情混合，无声地勾了勾嘴角。

程舒窈心想：头可断，血可流，在宋至肴面前不能输。

于是，她清了清嗓子，很是大方又不屑地评价道："我允许你拿我练手，但你这手段真的太低级了。"

"练手就不用了，"他掉头，转了个方向，用眼尾瞥她，一本正经地说，"练车。"

"你不是说你下午有事吗？"

"现在没有了。"

"……"

2

从某种程度上来说，宋至肴觉得自己被老陈强制赶回来"养伤"加反省，也不完全是件坏事儿。

至少不用 24 小时在老陈眼皮子底下了。

宋至肴翻看桌上的一沓资料："本事不小啊乔队。"

"这不是得为您服务？"对面的乔柏点起菜来倒是毫不客气，"经济案件不归我管，我这也是托了朋友帮忙的，这事儿要被老赵他们知道了，哥儿几个都得掉层皮不可。所以，下次请吃饭麻烦换个档位，别这么抠。”

“成。”

“案子已经结了，确实没查到他跟汪绍远有联系，”乔柏倒了杯水，自己喝着，“你打算怎么做？”

想到只有刘每这一条线索的话，队里查得肯定不比自己查得少。

宋至肴一时间也没什么头绪，随手翻着资料：“走一步看一步吧，我其实也没有十足的把握。”

从陈川到徐子启，再到唐砚，他们该劝的都劝了，也不是完全没有道理。

毕竟这么多年过去队里都没找到的人，他想一个人去找到，的确无异于大海捞针。

何况他也根本不确定这根针到底还在不在。

但当年的“7·14”特大儿童拐卖案轰动一时，陈川他们蹲点埋伏个把月才将犯罪团伙抓获，但在逮捕的过程中，犯罪头目汪绍远制造车祸跳车潜逃，随后这个亡命之徒开始进行打击报复，导致当时破案的头号功臣宋义及其妻子冯萧婧双双遇害。

年幼的宋至肴也几次遇险，最后只能被陈川带去部队，放在眼皮子底下护着。

十几年过去，汪绍远依然没有落网。

宋至肴心里那根刺怎么也除不去。

他当时也不过十岁左右，被爸妈锁在卫生间里，算是亲眼看见了他们遇害的场景。

这事儿放谁身上都过不去，乔柏也挺能理解。

刘每早年跑运输，在偏远山区里结识了一些需要弃养小孩的贫困家庭，后来帮着牵线，联系到汪绍远，交易完成后分了几笔钱，事发后判刑六年。

出狱后，他妻离子散，背景不光彩，又没有一技之长，很快再入歧途，卷入洗钱案。

两个人一边吃饭，一边聊了一会儿案子的事情。

乔柏吃得差不多了，他看了眼手表，掐着时间点儿放下筷子："行了，今天就到这儿。"

宋至肴咬着半块肉，抬头问道："这才几点？赶着投胎？"

"接儿子放学，"乔柏起身，伸手拎起椅背上的外套，还不忘嘚瑟嘲讽他两句，"你以为谁都跟你一样，孤家寡人，连个陪吃饭的人都没有啊？"

"……"

"下次再让我陪吃，计时付费。"

"……"

"你买单，"乔柏收拾好东西，转身背对着他挥挥手，往外走，"走了，有事吱声。"

宋至肴："嘁。"

宋至肴三两口解决掉饭菜，又默默在心里跟程舒窈的手艺做了下对比。

资料上暂时也看不出来什么头绪。

他倒是突然记起之前她答应的一个月三餐还没实现，于是他点开微信，朋友圈动态栏熟悉的头像上面标了个小红点，点进去是九宫格的美食节现场图。

他看看面前的残羹冷炙，再看看屏幕那边热火朝天的场景。

满脑子都是乔柏那句“孤家寡人”。

啧。

“周呈韫你逗我呢？”

另一边，程舒窈也没能安稳多久。

她本来接了美食节的邀约过来参加活动，顺便给餐厅做做宣传，再拿下两个合作，结果才结束没多久，就被周呈韫那边打电话叫了过去。

把人从网吧里提溜出来以后，理了半天她才知道这家伙因为什么投资商放鸽子，跟对面几个人打起来了。

跟周呈韫一起的两个男生见事态平息，唯唯诺诺地跟程舒窈打了个招呼就立马脚底抹油溜了。

只剩下程舒窈和周呈韫，后者脸红脖子粗地解释：“真的，姐，我不骗你。”

程舒窈气笑了：“得，你没骗我。”

她气得直接伸手去撸他脑袋：“你跟我说说，哪个正儿八经的投资商会把面谈地点约在网吧？”

“这不是我们这个俱乐部性质特殊吗？极限运动本来就不讲究那些世俗的仪式感，”被程舒窈这么一说，周呈韫这会儿也缓过神来，但面子上还是过不去，他梗着脖子强行解释，“他们也是正好在附近有安排，网吧又离我们学校最近，就随便约了这边。”

“周呈韫，你脖子上架个脑袋就是装饰品？”

周呈韫从小被爸妈宠大，心性耿直单纯，整个就是一“傻白甜”。

程舒窈担心他被骗，越想越气：“你们几个傻小子，除了一腔热血和三分钟热度，要什么没什么，你告诉我，那投资商凭什么投资你们？”

“那说不定就是看中了我们的一腔热血呢？”周呈韫小声嘀咕。

他还想反驳两句，就看见不远处正往这边走的人，气势瞬间萎了下来，他小心翼翼地戳了戳程舒窈：“许清姐怎么也来了？”

许清跟她一起去美食节的，也顺路送她过来。

但程舒窈这会儿懒得跟他搭话。

“姐——”周呈韫撒娇，恳求道，“你别跟许清姐说啊。”

晚了。

她心道。

从她一开始接电话的时候，许清就是在旁边听着的。

果然，周呈韫话音刚落。

许清朝这边走过来，看着周呈韫说：“投资的目的在于盈利，因为未来收益的不确定性，投资商一般会对所投项目进行全方位调查。一般来说，投资创业公司的兴趣更在于最后退出并实现投资收益，投资公司管理人员一般也不参与被投资企业的日常管理，主要依赖于在投资前用一套详细的项目可行性审查程序，评估投资成功的可能性。

“你们单纯几个大学生组成的极限运动小团体，吸引他们投资的点是什么？除非……”

周呈韫紧张地问：“什么？”

许清沉默片刻，只好残忍道：“他们想做慈善。”

谢谢，有被伤害到。

牵头的不是他，其实他只是跟着社团里的社长玩过几次，听了几句想创业的想法，就一时冲动也想参与进来，于是社长就派他过来跟投资商见个面。得知地点约在网吧的时候，他也觉得有点不靠谱，但来都来了，万一呢？

结果，被鸽了不说，他还跟几个小混混吵起来了。

太丢脸了。

“走吧，”许清跟程舒窈对视了一眼，又有点不忍心，于是她放缓了语气对待这个小弟，“以后好好上你的课，别研究这些乱七八糟的了。”

“不是乱七八糟的。”

身后人忽然停下步子，许清下意识回头。

男孩子对许清这番形容显然不满，他背光而站，神色倔强又认真：“你上次在校庆发言上说了，你喜欢极限运动。”

她心里突然没来由地重重跳了一下。

她喜欢极限运动其实是很早以前的事情了，工作之后忙于各种琐事，所有的爱好也都束之高阁，校庆发言也就是情势所迫，下意识随便说了两句。

没想到他去了。

“今天这件事确实是我做得不对，但我喜欢极限运动是真的，喜欢你也是真的，这都不能算乱七八糟的事情。”

他讲话赤诚耿直又热烈。

“我不是三分钟热度，也不是图新鲜或者为了面子，我就是想跟你多有点交集。

“我知道错了，但我下次还敢。”

还挺倔。

周呈韫说完拎了书包扭头就走了。

程舒窈张了张嘴，话还没出口，许清就大步追了上去。

三十秒之后。

就剩下程舒窈站在原地，看着扬长而去的出租车。

你们是不是不记得落了个人在这儿?

程舒窈默默地叹了口气，只好自己走到路边去打车，才刚刚伸手，一辆熟悉的车子缓缓停下，车窗降落，露出熟悉的侧脸。

“你怎么在这儿？”她诧异地问。

“讨债。”宋至肴不紧不慢道。

“什么……”

程舒窈话还没说完，他视线忽然越过她，看向身后，蓦地变了脸色。

不远处，网吧门口的一个男人穿着洗得发白的朴素黑色夹克，手里捏着块手帕，正笑呵呵地跟老板说话。

旁边是几个逃课出来打游戏的少年，这会儿耷拉着脑袋，垂头丧气的，三三两两地压低了声音交头接耳。

周围环境乱糟糟的。

也越发衬得那个男人温文儒雅，又无害。

那个男人走出来的时候，还跟路边的小摊贩打了招呼，卖煎饼果子的阿姨还热情地递了杯热豆浆过去，他推辞不过，笑着接下，点头致谢，然后转身上了辆出租车。

“上车。”宋至肴脸色阴沉道。

程舒窈不明所以，但还是迅速上了车。

一路上，车辆飞驰，宋至肴一句话不说，脸色也冷得骇人。

她没敢多问，只抓紧了安全带，再悄悄地看他一眼。

市区交通堵塞，要跟紧一辆出租车也不太容易，她只记住了出租车的车牌号，遇上红灯，她在心里盘算了下路线：“直行前边只有一条路，右转快点的话可以绕一圈，从前边路口出去跟上。”

话音刚落，车子飞速右转。

“宋至肴，”她冷静提醒他，“注意安全。”

他缓缓呼出口气，看了她一眼，握紧方向盘。

一路上车子都在超速的边缘徘徊，最后终于在一栋大楼前停下，程舒窈扒着垃圾桶干呕了两声，转过身追上宋至肴的时候，两个人双双到了一个签到处，看着面前的场景，一度陷入了短暂的迷茫。

一楼门口被几个保安和工作人员守着，隔着玻璃看进去，一楼全是形形色色的各路“妖怪”。

应该是某活动方组织的漫展，有固定邀请方。

进去需要门票。

里边男男女女全是各种造型Coser（扮演者），因为要全面模仿，妆容和衣服都略显浮夸，其中还掺杂了一些零零散散的洛丽塔和汉服爱好者。

程舒窈不用看也想象得到宋至肴这会儿脸上渐渐崩坏的表情。

毕竟漫展对于他这种活在部队里毫无烟火气的钢铁直男来说，不容易理解也很正常。

“不好意思，我们是工作人员，”程舒窈试图跟门口的保安沟通，“刚刚出来买东西的，工作证落里边忘记带了。”

对方看了她一眼，又看了看脸色能杀人的宋至肴，在手机里调出电子工作证：“这个给我看一下。”

宋至肴脸色更难看了，他眼睁睁地看着里面的人进了电梯，可他现在名不正言不顺，总不能硬闯，只好攥了攥拳头，转身观察周围环境，试图找别的方法进去。

玻璃门推开，几个Coser（扮演者）边打电话边从里面出来。

“说好了今天一起的！”

为首的女生穿着红白的Cosplay（角色扮演）服装，手里拿了把日式短刀，愤愤道：“这都放我们鸽子几次了？你就问他还能玩吗？不能玩就退社算了，哪那么多废话，叽叽歪歪的，男人一点成吗？”

程舒窈看了两眼，转头问宋至肴：“真想进去？不惜一切代价？”

宋至肴眉心一跳，有种不祥的预感。

但他看了眼门内大厅方向，还是点了点头。

于是，几分钟后。

电梯门口，程舒窈看着他一头白色的假发和一副奇怪的表情，差点儿没忍住笑出来。

宋至肴很不习惯身上穿的层层叠叠的衣服，他胡乱扒了把头发，一把勾住她的脑袋，直接将人按下去。

“电梯，电梯！”

程舒窈忍着笑挣扎开来。

进了电梯之后，两个人再次悲催地发现，他们一不确定具体去哪个楼层，二又没有电梯卡。

宋至肴把目光落向安全通道，趁着工作人员刷卡进去的时候，程舒窈抢在门关上的前一秒堪堪撑住：“快快快。”

他纵身一闪，两个人一起进去。

往上总共三十二楼。

“你在这儿等着，”宋至肴看了眼楼梯，又垂眼看她脚上的高跟鞋，“我很快下来。”

“很快个屁！”她率先往楼上走，“三十二楼，等你问完，天都黑了又亮了一轮了，而且你知道人家不下班？

“分头行事，效率高些，我刚刚见过你要找的人长什么样。

“我是女孩子，你上我下……”

楼上叮叮咚咚扛着器材下来的人都默默地看了他们一眼。

程舒窈马上又说：“我是说，你去高楼层，我负责低楼层。”

他忽地笑了下，揉了一把她的紫色假发，温声嘱咐：“小心点，看到人了，记住楼层就走。”

突如其来的温柔语调搞得程舒窈有点措手不及，她挠了挠耳尖：“哦。”

富林广场这边都是商用楼，往上是一些小公司租用的办公点，一层一层楼找过去其实并不容易。

程舒窈只猜这个叫汪绍远的人跟宋至肴有很深的渊源，但具体是什么事情，她并不清楚。

她在二楼角落的咖啡店买了杯咖啡打包，假装自己拿错了“汪绍远”先生的外卖，找上来还回去的。

她只是随便扯个幌子，又编了几句像模像样的理由，然后借此装模作样地去找人。

两个人在十一楼碰头，互相交换了个眼神，然后双双轻微摇头。

一无所获。

其实这样的结果是意料之中的。

这么大地方只凭一面之缘和一个名字去找人，还不能声张。

而且，说真的，这么多年过去，宋至肴自己也没有办法百分百确定那个人就是汪绍远。

或许他看错了，又或许只是长得像，都有可能。

现在，就只剩下最后一家教育培训中心。

“没事，走吧，再去看看。”程舒窈说。

宋至肴点头跟上，顺手从地上捡了张宣传单，上面是青少年培训班的教育名师介绍，他随便扫了两眼，忽然想到今天在网吧看见汪绍远的场景。

网吧、少年、培训班……

他眼睛亮了下。

“不好意思，小姐，”前台小姑娘正准备关门，一脸为难地说，“我们已经下班了哦。”

程舒窈准备好的拿错外卖的台词还没来得及说出口就被拦了回来。

“可是……”她脑子转得飞快，捧着咖啡杯小口小口吸溜，一边想新的办法，一边看向宋至肴，用眼神求助。

“可是我弟弟还没回家啊，”她情急之下信口胡诌，“我弟弟在你们这边补课，我跟朋友在楼下参加活动，说好了等他放学一起回去的，但是一直没见他下来，我给家里打电话也说他没回去。”

小姑娘一愣，小声嘀咕道：“不应该啊。”

“这边课都已经上完了，”她说，“里面已经没人了。”

“要不你让我进去看看？”程舒窈嘬着咖啡，“我弟弟比较内向，不喜欢说话。”

“我关门之前全部都检查过了，确认没有人才离开，这点您可以放心……”

程舒窈词穷了：“可是……”

“可是汪绍远汪老师今天还打电话过来，”宋至肴跟她对视了一眼，接过她的话头，试探说道，“说他跟几个同学偷偷去网吧，被抓了个正着。”

前台小姑娘皱眉，狐疑地看过来。

程舒窈也紧跟着提了一口气，飞速盘算着万一露馅，她要再怎么圆下去。

就在气氛僵持，程舒窈几乎有点绷不住了的时候，小姑娘忽然了然一笑：“您说王老师吧？”

宋至肴面色一凛，不由得攥紧了拳头。程舒窈不动声色地伸手握住他的手腕，轻轻拽了下。

“哎，王老师很负责任的，”小姑娘笑着拿出手机，“没少替他们操心，还经常主动加班给落下功课的同学补课。”

说着，她看向程舒窈：“你弟弟叫什么名字？我给王老师打电话问问情况。”

“周……周呈韫。”

“我能跟他聊两句吗？”宋至肴哑着嗓子，眼底全是隐忍和克制。

“这我哥，”程舒窈忙不迭解释，“爸妈没时间，弟弟都是我跟我哥在带，但是他最近有点忙，所以想跟老师了解下弟弟的情况。”

小姑娘表示理解，等电话接通，跟那边打了个招呼，然后把手机递过来。

宋至肴闭了闭眼睛，把电话放到耳边，那边信号不太好，发出很细微的滋啦声，随后很快响起一道声音：“喂？您好？”

从培训中心出来，程舒窈悄悄扭头去看他。

宋至肴一言不发。

“没事，总能找到的，”她捅捅他的胳膊，小声安慰，“反正我们一路追过来，看着他上了楼的，他能来一次，就能来第二次，我这几天不吃不喝，就陪你在这里蹲他，好不好？”

他没说话。

刚刚接通电话的时候，他呼吸几乎都屏住了。

十几年前的事故之后，这是他第一次感觉与对方距离这么近，好像再稍微往前一步，就能抓住那个人。

但电话那边传来的是女声。

就只是个叫王韶沅的女老师，跟汪绍远一点儿关系都沾不上的那种。

程舒窈绕到他面前，捧着个笑脸，锲而不舍地追着他看。

他薄唇紧抿，被她看得没办法了，好半天才轻轻吐了口气，垂眼看她，欲言又止。

“宋至肴？”她歪着头，笑嘻嘻的。

他移开视线，面无表情：“说。”

“你有没有听过一首歌？”也不等他回答，她就自顾自浮夸地鬼哭狼嚎起来，“男人哭吧哭吧不是罪。你要是难受，想哭鼻子，我肯定替你保密。真的，别忍着。”

他轻嗤一声。

“男人哭吧哭吧不是罪……”

“程舒窈。”他警告。

“嘿嘿，我想到你要找我讨什么债了？之前不是答应给你煮三天饭吗？”

“一个月。”

“哎，我怎么记得是三天？”

“一个月，三餐。”

“是吗？我不记得了。”

“今晚吃什么？”

“你想吃什么？”

“佛跳墙。”

“我看你想上墙。”

……

“叮——”

电梯抵达，两个人你一句我一句地往里走。

与此同时，另一侧电梯门打开，黑色夹克衫的衣角在即将关闭的电梯门缝中闪过。

有人笑着打招呼：“哎，余老师这么晚还没走啊？”

伴随着咳嗽声，有人回应：“这就走。”

宋至肴大步跨过去，沉着脸飞速按开门键。

但来不及了，电梯已经下行。

程舒窈急忙帮忙去按十楼和九楼，电梯在十楼停下，宋至肴三步并作两步往外冲，她紧跟着追过去。

迎面跟外面的人撞了个正着。

方宓宁神色有些慌乱，电梯门乍一开，她忍不住惊诧道：“宋至肴？！”

但很快像是有了底气一般，她往他身后看了眼，然后抿唇道：“我有话跟你说。”

“没空，打电话让徐子启来接你，”他语气冷淡，连平日里那点儿耐心也没了，“让开。”

方宓宁很执拗，见状脾气也上来了，她横在他身前，看了眼程舒窈：“我有话跟你说。”

她一把拉住宋至肴，然后缓缓吸了口气。

“我知道你在找什么人，我见过他。”

3

夜风徐徐，昏暗的路灯透过斑驳的树叶，投下一地光斑。

周围有小飞蛾胡乱飞舞，时不时晕头转向地碰到灯泡上，发出很细微的碰撞声响。

漫展已经结束，三三两两的小姑娘说说笑笑地往外走，路边上行人来往，夹杂着小孩子追逐打闹的声音。

程舒窈屈腿坐在路边，她胡乱扒掉头上的浅紫色假发扣在膝盖上，然后低头去检查脚上的伤口。

鞋子不太合脚，她后脚跟和脚背都被磨破了皮。

那会儿忙着爬楼梯找人，也没什么感觉，现在坐下来，她才发现右脚已经沁出了血迹，看上去血肉模糊的一片。左脚还稍微好些，只是起了泡，戳破以后瘪下去，一层软软的外皮皱巴巴的。

脚上刺痛，小腿又酸软。

程舒窈百无聊赖地坐着，慢吞吞地敲打小腿放松，她又忍不住想到跟着方宓宁走了好一阵的宋至肴，心里越来越气愤。

没人性。

她忙前忙后帮他找人，结果小姑娘三两句话，他就抛下队友跟人走了。

她小声嘀咕，然后又看了眼时间。

形容不出来这种感觉，有点失落，又有点憋屈。

她看了眼他们离开的方向。

有小孩子在一边嬉戏打闹，跟小炮弹似的哒哒哒跑来跑去，手里的水枪还在胡乱喷水。

她下意识伸手挡了下，没避开，水溅进了眼睛。

心里那点儿火气一下子就被点燃了。

她胡乱揉了把眼睛，刚想站起来，只见熊孩子嘻嘻笑着，又有水往她这个方向喷来，她手忙脚乱去挡。

然后，眼前一片漆黑，一件外套兜头落下。

是熟悉的气味，紧接着不急不缓的脚步声慢慢靠近。

很奇怪，她那点儿怒火瞬间消逝，隔着外套，她在一片漆黑中无声地弯了弯嘴角，然后把衣服扯下来，又恢复一脸冷漠的表情，没好气道："不是去说悄悄话聊小秘密吗？不陪小姑娘了啊？"

话一出口，程舒窈才后知后觉地打了个寒战。

这是什么拈酸吃醋的狗血台词？！

她只好装模作样地挠挠下巴，错开视线，懊恼地捶了自己一下，猛地站起来想说点什么挽救一下局面，然后——

她没站起来。

脚麻了。

“怕你笨死在这儿，”宋至肴轻哂，看了眼拿着水枪跑开的小孩，“这么大人了，还能被小孩子欺负？”

程舒窈保持一个姿势太久，从小腿到脚踝都像失去了知觉一样，动一下都是密密麻麻的麻木和酸爽。

她快哭出来了，没心思跟他打嘴炮。

宋至肴笑了笑，居高临下地欣赏了好一会儿她满脸扭曲的样子，然后才伸手问：“还站得起来吗？”

当然可以，但是得缓一会儿。

程舒窈说：“站不起来。”

她仰头看他。

他跟她一样，身上还穿着游戏人物的服装，白袍红襟，宽肩窄腰，这造型很挑人，穿在他身上居然也真的毫无违和感。

放在漫展或者室内还好，但是在室外人来人往的街头，而且还有“来啊，造作啊，反正有大把时光”的广场舞音乐中，他俩就显得格外突兀。

已经有拿着红色流苏扇子的阿姨在往这边看了。

宋至肴也很快察觉到视线，他有些不自在，又把手往她面前递了递：“不走？”

“走不了啊。”

太难得看见他这副难为情的样子了。

程舒窈故意赖在地上不动，她耸耸肩膀，无辜道：“没办法，为了帮某个人做事，光荣负伤了。”

她把脚往前伸给宋至肴看。

宋至肴从大妈那边收回视线，垂眼看她，然后挑眉："真走不了？"

"走不了，"她坐在路沿上，张开双手，"背我？"

他鼓了下腮帮，压着眼尾笑："你确定？"

这种表情和语气，肯定就是看出来她在故意拖延，准备放大招了。

程舒窈很敏锐地察觉到奸计的味道，立马识趣地见好就收："倒也不……"

话还没出口，下一秒，腰上一热，紧接着轻微的失重感袭来，她的视线骤然颠倒。

公……公主抱？！

程舒窈觉得自己大概是疯了，这时候居然还心跳加速了一把。

然后，好像哪里不太对。

哎哟喂？说好的公主抱呢？你倒是抱啊！

可宋至肴却直接将她拦腰抱起，紧接着又以扛沙袋的姿势将人甩到了肩膀上，然后就这样把她送上了车。

她是吃错了什么药，为什么就非得皮那一下呢？

活着不好吗？

继被扛上车之后，程舒窈又以同样的姿势被宋至肴扛下车，并美其名曰：怕她脚疼。

两个造型奇特的人一起接受了不少行人的注目礼。

程舒窈趴在他肩膀上，捂着脸欲哭无泪："真不行了，宋至肴，你再不放我下来，我就吐给你看你信不信？”

电梯门“叮”的一声打开。

宋至肴把她放下，笑得顽劣又幼稚：“不是你说走不了了？”

程舒窈只觉得头晕目眩，回了他一个死亡微笑，然后猛地别过身，装模作样地干呕了两声。

宋至肴愣怔了一下，面色微诧，刚想伸手去拍她后背，程舒窈突然直起身，转过头看着他，得逞一笑：“我装的。”

“程舒窈。”他低头，作势去捏她后颈。

“在的，”她正对着他扮了个鬼脸，“只准你……”

“来，让一下让一下。”

物业的修理师傅扛着人字梯风风火火从身后经过。

程舒窈正要说话，却被人从后面撞了下，宋至肴下意识伸手去捞她一把。

两个人同时动作。

程舒窈身体不受控制地往前倾，下一秒，唇上骤然一热，她的瞳孔不自觉放大。

呼吸交错。

楼道的自动感应灯忽地暗下去，眼前瞬间一片漆黑。

理论上来说，这就是个意外而已，他应该很快礼貌松手，然后跟对方道个歉。

但宋至肴鬼使神差没动，借着安全出口的细微光线，他瞥到她泛红的耳尖，扶在她腰间的手臂也不自觉轻微收拢，他喉结轻滚，无声地弯了弯嘴角。

程舒窈则死死闭着眼睛，脸颊滚烫，心跳如擂鼓，大脑一片空白，耳边嗡嗡作响。

兴许是荷尔蒙作祟，一时热血上头，她甚至还抓住了他的衣服，踮了踮脚，然后，“啪”的一声，传来重物落地的声音。

走廊感应灯倏地全部亮起，恍如白昼。

程舒窈立马直起身子，揉了揉脸，两个人同时转头往声源处看过去。

一个中年妇女有点愣怔地站在原地看着他们，原本拎在手里的超市购物袋掉在地上，袋子散开，里边鲜活的虾子噼里啪啦地挣开塑料袋往外蹦跶。

气氛顿时尴尬起来。

程舒窈此刻几乎都能透过阿姨脸上复杂的表情，读出她内心疯狂刷屏的弹幕。

——光天化日大庭广众，干什么呢？

——世风日下啊。

——这届年轻人是真不行，这影响多不好啊？

她跟阿姨对视了几秒，赶在被对方苦口婆心教育之前率先移开了视线，她暗戳戳地捅了捅宋至肴的腰，也顾不上刚才的乌龙暧昧，飞快冲他使眼色，示意他快点开门，先溜了再说。

然而，宋至肴却低头看了她一眼，似笑非笑地扯了下嘴角，然后很淡定地喊了句——

“舅妈。”

程舒窈：“……”

OK，她自闭了。

但自闭归自闭，欠的债还是要还的。

她每天煮饭的时候都会多加一个人的量，但是那晚她不知道舅妈在那儿站了多久，看到了多少，宋至肴后来又是怎么跟他舅妈解释的，所以她去对面也没之前那么光明正大了，生怕跟舅妈再撞上。

于是，她每天煮好东西后敲门送过去，然后看看她那只被养得肥嘟嘟的、没良心的胖猫，反正不肯留下来吃饭。

“你们俩吵架了？”

周呈韫最近在跟许清套近乎，三天两头来程舒窈这里打探消息，外加蹭饭，见程舒窈怪怪的，他忍不住问。

“没有。”程舒窈说。

今天她做的是奶油蘑菇通心粉。

锅里放黄油融化，发出很细微的声响，然后加入洋葱和百里香，稍稍翻炒，空气里便弥漫起香味。

她系着淡黄色的格子围裙，在料理台处理食材，然后把培根下锅炒至金黄，再加入口蘑炒熟。

“没有才怪，”周呈韫抱着手机窝在沙发上翻了个身，耸着鼻尖用力嗅了嗅，“好香啊姐，你到底是什么神仙，我真的太爱你了！其实我不是有意过来蹭饭的，但是闻到这个味道，我就忍不住了！”

程舒窈哼笑，没有拆穿他。

“其实我都知道了，”周呈韫一遍又一遍地刷着手机，眼睛都舍不得离开屏幕，“妈说你有男朋友，那不就是……”

他话还没说完，就被程舒窈塞了一片培根堵住嘴巴，只好瞪大眼睛含混不清地呜呜叫。

锅里汤汁已经浓稠沸腾，程舒窈把煮好沥干水分的通心粉放进去，再加入欧芹碎，慢慢搅拌，人却忍不住有点走神。

突然，周呈韫从沙发上弹跳起来，大吼着：“姐姐姐！快点快点，手机给我！准备好抢票了！”

许清的男神宋琛喻在本地有一场巡演，门票今天开售。

周呈韫已经蹲守了好几天了，基本上把身边所有认识的人都动员了一遍，连程舒窈也不放过。

“网怎么这么不好！”周呈韫气急败坏地满屋子乱蹿着，最后索性拉开门出去走廊上蹭网，还不忘回头喊她，“姐，你手机自己拿上，快抢啊，还有一分钟就要开始了！”

“知道了！”程舒窈把通心粉盛到盘子里，然后叼了颗小番茄，抓起手机，探出脑袋跟他搭话，“先说好啊，我要是抢到了，价格翻倍！”

“不是，姐，你不能趁火打劫啊！”周呈韫欲哭无泪，扯着脖子叫，“你不也喜欢宋琛喻吗？你这种投机的黄牛行为，对得起你男神吗？”

“男神归男神，弟弟是弟弟，”程舒窈理直气壮，“姐姐坑弟弟天经地义，我又不坑宋琛喻！”

“姐，”周呈韫目不转睛地盯着屏幕，头也没抬，忽然想到什么，“好像哪里不太对？我是在追许清姐呢，为什么要这么卖命地替我未来女朋友制造和别的男人见面的机会？我这算不算我绿我自己啊？我可真伟……快快快！到点了！”

不过一眨眼的工夫，门票售罄。

“啊！”

“啊！”

两个人疯狂扒拉着手机，然后对视了一眼。

“你抢到了？”

“你抢到了？”

两个人异口同声。

“没有。”

“没有。”

两个人相顾无言，沉默片刻，然后以同款姿势——耷拉着脑袋盘腿坐在地上，同时发出一声长叹：“唉！”

不同的是，前者遗憾自己错失了献殷勤的机会，后者遗憾自己错失了借机敲诈弟弟的机会。

“同样都是男人，”周呈韫撸了把头发，心酸又妒忌，“待遇差别怎么就这么大呢？”

“当然有差别，”程舒窈盛了一份面，一边往外走，一边很不给面子地打击他，“宋理喻是男神，你们这种凡人也配？”

话音刚落，对面大门被人从里边推开。

程舒窈正对着对面，一脸狂妄嚣张，看见迎面出来的两个人，瞬间萎了。

宋至肴隔着门板就依稀听见这姐弟俩抢票的事情了。

他一边接电话，一边跟方宓宁往外走，一抬头就撞上程舒窈正端着盘通心粉，指着他的方向，嚣张又嘚瑟——

“宋珵喻是男神，你们这种凡人也配？”

宋至肴：“……”

我不配。

电话那头，徐子启只听到了后半句，他愣了下，随即大笑起来。

宋至肴：“方宓宁。”

徐子启立马不笑了。

“哎？”

方宓宁从程舒窈手上收回视线，又转头去看宋至肴。

“你先去按电梯，”宋至肴指挥她，然后目光落向程舒窈，“忘记跟你说，我临时有事，要出去一趟，晚上回来再……”

“吃”字还没说出口，程舒窈先掉转了个方向，像没看见他似的，把盘子往周呈韫怀里一塞，没好气道：“吃个饭还得我给你递到手上，懒不死你！”

周呈韫满脸茫然。

“不是，我没……”

“还吃不吃饭了？”

“吃吃吃！”

宋至肴：“……”

宋至肴把方宓宁送过去，然后看着徐子启给人安顿好了，才跟着进了办公室。

郑乐成跟公司算是彻底闹翻了。

宋至肴碰见方宓宁的那天晚上，她正好撞破了郑乐成跟别的公司管理层来往。

方宓宁是个没心没肺的，但毕竟生在商业世家，见多了虚与委蛇的场合，耳濡目染，在看人看事方面还是有些敏感度的，加上从一开始郑乐成对她百般讨好的谄媚态度，就让她对郑乐成没什么好感。

但像员工跳槽这种事情也不少见，只要能担得起责任和后果，她也懒得掺和。

可是郑乐成跟对方计划带走研发部核心团队和重点产品数据这一件事，让她提高了警惕，后来她一路偷偷跟过去，想看看到底是什么人从中捣鬼，没想到差点儿被发现，慌乱溜走的时候在电梯口遇到宋至肴，以为他也是察觉了端倪过来调查郑乐成的，才喊他过去说了这件事。

本来方宓宁想暂且按下，到时抓个人赃并获也好追究责任。

可早上开例会的时候，郑乐成因为自己提出的方案被管理层集体反对，双方发生争执，闹得很难看。方宓宁又是个暴脾气，一心向着徐子启，一怒之下就把之前那点儿事情全捅出来了。

最后以双方彻底撕破脸收场。

发飙一时爽，事后火葬场。

方宓宁怕被徐子启骂，又担心他因为这事儿影响心情，只好来找宋至肴帮忙。

办公室里，两个人隔着桌子相对而坐。

“所以你现在怎么打算？”宋至肴问。

“他跟我聊过了，”提到这件事，徐子启有些严肃又有些感慨，“说他知道自己做错了。”

徐子启这个人实在是太心软，所以在公司管理方面总不甚得力。

宋至肴皱眉看着他：“然后呢？”

“他说他妈妈治疗费用昂贵，他需要更多钱，但我们公司平台太小，人往高处走，对方开的条件很好，他拒绝不了。”

“这是理由吗？”宋至肴抬眼看他，轻哂，“违反合同，出卖商业机密，这是违法犯罪。”

“所以，”徐子启笑笑，“我让他走了。”

“其他人呢？”

“老何他们都是从毕业前就跟我一起的，要真在意那点儿高薪，早八百年前就拍屁股走人了，轮得到他来挖人？那些能被他带走的，早晚都得走，也没留的必要。”

徐子启心软归心软，但这点也好。

他为人仗义又重感情，所以身边留下来的无论同事也好，兄弟也好，忠诚度都很高。

看他想得还挺开，宋至肴觉得自己来这一趟的意义也不太大了。

“理解，”宋至肴笑着拍拍他的肩膀，又安慰了两句，“一码归一码，这事儿完全是他的问题，别瞎想。”

宋至肴蹙眉，想了下还是觉得有必要说一声：“对了，还有件事儿。

“郑乐成这两年发展得也不算特别好，在前东家那里因为专利问题闹得挺大，差点儿惹上官司，毕业至今其实也没有带过大的团队项目。”

“你的意思是……”

两个人对视了一眼，宋至肴屈指敲了下桌子：“去查查他背后的那条投资线。”

周呈韫的极限运动俱乐部、网吧附近看见的“熟人”、培训机构大楼、郑乐成的投资扶持、洗钱案的刘每落网……

不知道是不是自己执念过重导致的过度猜疑，但宋至肴有种很强烈又莫名的直觉。

徐子启留意他的神色，摸着下巴“嘶”了一声：“肴啊，你是不是发现什么事儿了？”

“发现郑乐成涉及重大案件。”

“啊？”

“你信吗？”

宋至肴嗤了声，随手摆弄他桌上的小物件，继续说道：“行了，别瞎琢磨了。我就是觉得郑乐成这样的人都有人想挖走，是不是有哪个竞争对手想故意打压你啊。知己知彼百战百胜，这不是突然想到了，就提醒你一下吗？”

“你突然这么上心，吓我一跳，”徐子启挠头，“我还以为出什么事儿了呢？”

宋至肴语气松快下来，偏过头随意笑笑，嘱咐他：“别闹出什么动静，我就是乱想，你私下里找人稍微留意下就行。”

“放心吧。”

“你这玩意儿，”宋至肴说完瞥见桌角的东西，颇有兴致地拿起来研究了片刻，“还要吗？”

徐子启还在想他刚才说的事情，一时没留意，回头看他：“啊？”

“哦，不要？那我拿走了，”宋至肴说着直接往兜里一揣，转身背对着人挥挥手，“谢了，回头请你吃饭，走了。”

徐子启看看桌上少了的东西，反应过来，暗骂了两句，急忙往门口追过去，气急败坏地叫：“宋至肴，你要不要脸，那是人活动方送我的门票！给钱！”

宋至肴头也没回。

等下了楼，手机振动，宋至肴瞥了一眼来电显示，马上接起来，喊道：“舅舅。”

“哎，搞啥嘞？”冯戎的大嗓门儿混合着那边的打麻将声传了过来，“幺鸡！

“这都多久没回来了啊！

“你舅妈说让你……

“哎呀，你掐我干啥？

“得得得，不是你舅妈，是我，你老舅，想你了，反正也没啥事，回头把小程喊上，回家吃饭啊！”

电话那头，麻将桌上咋咋呼呼一片热闹，舅舅有些不耐烦地压低嗓子跟舅妈嘀咕着——

“孩子长大了，人家自己心里有主意，你别絮絮叨叨瞎打听行不行？

“你上次看见的，自己关心你就自己打电话问呗，整天撺掇我干什么?

“嗓门小点儿？我都已经这么说话了，声音还不小吗？”

……

宋至肴听着，半晌后垂眸，看着手里的门票，想到出门前那姐弟俩抢票失败的挫败样儿，有点好笑，然后对着电话说：“行，我知道了。”

挂断电话，他打开摄像头，对着手里的门票拍了张照片，点开微信置顶聊天框。

【要吗？】

Chapter 06
往事

/ 难道你真打算一辈子跟姓汪的杠上？ /

1

方宓宁出现并敲响大门的时候，程舒窈才刚刚把周呈韫这祖宗打发走，原本以为他又落下了什么东西去而复返，结果门一打开，她就看见站在门口的方宓宁。

两个人互相对视了三秒钟。

“走错地儿了？”程舒窈“好心”地指指对面，“宋至肴住那边。”

顿了顿，她又补充：“而且现在他应该不在家，你有什么事的话，要不打电话问问？”

丝毫没有客气招呼人进来坐坐的意思。

方宓宁哼了一声：“我找你。”

还不等她发问，对方已经从包里拿出手机，相当熟稔又自然地打开支付宝页面：“你一个小时多少钱？”

姐妹，请注意您的言辞。

“我是个正经人。”

“我上周找的游戏陪练，一小时五百，”方宓宁根本没听她讲话，自顾自往里走，“我不了解餐厅的价格，现在就先按一千块计时吧，买你一个下午，教我学做菜。”

不等程舒窈开口，方宓宁又道：“不过你也别想借机敲诈我啊，我不缺厨师，就是看在你跟宋至肴是朋友的分儿上，才找你的。”

放屁！

你明明就是因为他喜欢吃我煮的东西！

看不起谁呢？有钱了不起吗？一千块就想偷师学走我的祖传厨功？我是那种人？

“你想学什么菜？”

对不起，我是。

程舒窈一秒堆起笑脸，转身倒了杯水递过去，热情接单。

送上门的生意，不做白不做。

再说，她也想看看方宓宁跟宋至肴到底怎么回事。

“学那种……”方宓宁接过水喝了两口，歪着脑袋想想，“看起来就很符合我的品位，一看就知道是我做的，颜色要好看，造型要漂亮，当然，最重要的也要好吃。”

……

程舒窈花了半个小时听完方小公主对菜式的要求，很想说一句：这是另外的价钱。

想了想，还是算了。

更何况，看她说得这么有模有样，说不定她本来就有基础。

再不济，或许有天赋加持？

然而，半个小时后，程舒窈看着面前墨镜口罩帽子齐上阵，还举着铲子一蹦三尺高的方宓宁，再看看脚边垃圾桶里的一片狼藉……

她忽然有点儿能明白宋至肴教自己学车时的那种心情了。

“要不，”她俯身把水池里的虾子重新装起来，顺便从方宓宁手里接过铲子，淡定地给锅里的小黄鱼翻了个面，好心劝道，“你就拌个沙拉？现在不是讲究健康饮食吗？沙拉就挺好，健康又养生。”

“真的？”方宓宁还不死心，一把夺回铲子，坚持要自己动手。

“可不是？其实吧，重要的不是你做什么菜，重要的是心意，”程舒窈一边跟在她屁股后边收拾撒了一地的菜叶，一边继续好言相劝，“你亲自下厨就已经很有诚意了，宋至肴会明白的。”

“我不信，沙拉难吃死了，一点都配不上我，”她说着，又反应过来后半句，“谁说我要给宋至肴吃了？”

不是吗？

你不是在追他？

这次轮到程舒窈诧异了。

看见程舒窈眼里的惊讶，方宓宁又有些不自然地移开视线，不愿意承认自己其实是为了给徐子启生日准备的惊喜，于是她很快收回之前的话，梗着脖子就势认下：“对，我就是给他做的。”

不管是给谁的，不重要了。

程舒窈视线越过她，忽然脸色一变，眼疾手快地从置物架上抓了副手套就去拉方宓宁："让让让！"

方宓宁以为程舒窈后悔教自己做菜了，脾气上来，瞪着眼站在原地没动："我不！说好了的……"

"你没闻到什么奇奇怪怪的味道吗？"程舒窈没拽动人，幽幽地看向她身后，压着脾气。

"没……"

方宓宁刚说话，猛地吸了下鼻子，一转头看见身后蹿起火苗的油锅，她顿时慌了，手忙脚乱抓起旁边的空碗接了水就往上浇。

"哎，你别……"

程舒窈去拦她，可来不及了。

"啊！"

一通土拨鼠尖叫之后，伴随着"嗞啦"一声响，油点和火星飞溅，另一边煎锅里的小黄鱼也冒起黑烟。

方宓宁尖叫着四处逃窜，烟雾报警器开始嘀嘀疯响。

程舒窈一边用湿抹布扑灭火星，一边拉开厨房门把方宓宁往外推。

场面顿时乱作一团。

宋至肴下午又去富林广场附近晃了一圈，从摆摊小贩到书店老板，再到广场舞大妈，他都闲聊了几句，但并没有再得到有关汪绍远的半点信息。

那天无意间瞥到的人影就像是错觉一般。

只不过他在网吧里打听到些零零碎碎的消息，倒是误打误撞揪扯出数额不小的网络诈骗和非法集资案，正是针对像周呈韫他们这种满腔热血想创业又毫无社会经验的大学生。

但这种事情不归他管，随后就移交给了经侦队的同事。

他留了个心眼，装作闲来无事随口问问，三两下就从岑路嘴里套出了案件进度。

这帮人不是第一次作案了，背后有组织有策划，单笔诈骗和集资金额不多，但撒网广，加上网络渠道追查难度本来就比较大，有些受害人因为数额小，追究复杂，最后只能自认倒霉，不了了之。

他们则聚少成多，规模组织越来越大。

岑路比宋至肴小两届，是个直性子，讲起话来语速又快又急，噼里啪啦跟竹筒里倒豆子似的，一股脑儿说完还不忘夸夸宋至肴：“宋队真的牛啊，武力值爆表，面对歹徒能一打五也就算了，现在连我们经侦的案子都能做了，心细如发，随随便便就能捞条大鱼！”

宋至肴很敏锐地捕捉到他话里隐藏的信息，于是笑笑，随口说道：“得了，马屁少拍，就碰巧逮到几个投机取巧的浑球，这都算大鱼，那你们这工作还真挺清闲啊！”

“怎么就清闲了？”岑路急了，“你是不知道，你这随手一个碰巧到底翻出了多少破事儿，我们这回不得忙个把月都算我……”

他说到一半才意识到自己嘴快了，堪堪停住，无奈道：“不是，哥，要不你回头跟老陈头打个报告，调来我们这儿得了。你这连我的话都套，还是人吗？”

“所以查出什么了？”

如果只是简单的诈骗和集资，也不用岑路他们忙个把月。

“也没……我就是那么随口一说。宋队，别为难我了成吗？你知道的，这涉及案情机密的东西，不能外传的！”

宋至肴轻笑一声，语气轻快下来：“成，不为难你。”

反正挖线索查案抓人这种事，自己没这个身份权限，也未必就能比市局各队专业人员做得好。

知道查出了东西就成。

他只要结果。

宋至肴挂了电话，把手机往兜里揣的时候，又摸到了口袋里的门票。

他低头勾了勾嘴角，刷卡进楼。

前脚刚迈进去，就看见物业小哥火急火燎地出来，手里的对讲机吱吱作响。

“对对对，楼上1701的烟雾报警器响了，你看看怎么回事。”

“家里有人没？”

“严重吗？”

……

1701。

宋至肴脸色一凛，后边的话也没听下去了。

电梯都还停在高楼层，他等不及，扭头三步并作两步，直接冲进楼梯间。

十七楼，还是有点儿高度。

他一口气爬上去，喘着粗气儿，脑子里把有可能发生的状况都过了一遍，从楼梯间出来的时候，顺手捞了个灭火器拎在手里。

楼上，紧接着烟雾报警器鸣笛之后，消防喷淋头也被触发。

这下好了，不仅那点儿火星被全部浇熄，连带着程舒窈也被浇了个透。

屋内烟雾四起，从地板到沙发，还有床上已经全是水渍。

程舒窈胡乱抓着湿漉漉的头发，过去把窗户全部打开通风，然后折回来深深吸了口气。

她压着火气扫了眼室内的一片狼藉，再看看一手拿冰袋，一手顶锅盖，瘪着嘴站在墙角一言不发的方宓宁。

“我又不是故意的！”方宓宁心虚道。

“那你也不用往油锅里丢冰块吧？！”程舒窈简直欲哭无泪。

“我不是着急了吗？我怎么知道煮个饭锅里还能起火，冰块是冰的，我情急之下就脑子一热……”

专业做厨师的把自家差点儿给点了，这传出去真是业界耻辱。

程舒窈一脸幽怨地盯着罪魁祸首。

宋至肴火急火燎冲上来，一脚踹开门看到的就是这样的场景。

开放式厨房里一片狼藉，锅盖侧翻在洗碗池上，白色瓷盘被打翻，碎片溅得到处都是，锅里黑色不明物体煳成一团，浸了水之后实在有点无法直视，打开的烤箱还冒着残余的丝丝黑烟，地板上全是油点和调料包，混杂着蜿蜒一地的番茄酱，堪比犯罪现场。

程舒窈正背对着他站着，跟方宓宁两个人面面相觑。

后者手里还拎着锅铲和冰袋，瘪着嘴一言不发。

沙发和床单地板都被消防喷头淋得湿漉漉的。

“人没事就成，”物业小哥帮忙检查了一圈，确定没有别的安全隐患后，又忍不住环视了一遭，有点哭笑不得，他嘱咐道，“你们还是尽快收拾一下吧，以后就别用这种有明火的小锅具，你们弄不好，手忙脚乱还挺危险。”

说完，他转过身往门口走，拍拍宋至肴的肩膀，按着对讲机，笑着跟同事打招呼：“没什么大事，就俩姑娘把菜煮煳了，没造成什么大损失。”

见宋至肴黑脸，他又怕这俩姑娘被训斥，好心打了两句圆场：“回头喊人上门收拾一下，正好做个清洁就行。”

宋至肴还是没说话。

感觉到气氛冰冷，物业小哥摸了摸自己的后脖颈，转过头去看程舒窈：“没事我就先下去了，你们自己注意安全啊。”

程舒窈道了谢，送小哥出门。

方宓宁原本还能虚张声势地给自己找点面子，但这会儿看见宋至肴，她就莫名有点慌了。

可转念一想，她好歹比程舒窈跟他的交情深，而且今天这事她也不是故意的，有什么好心虚的？

她把手里的东西放下，踮着脚走到洗手池去洗手：“徐子启这两天心情不好，我也是为了给他个惊喜，让他转移下注意力。

“你不是也喜欢吃她店里的东西吗？

“我就是想自己试试……”

方宓宁心虚的时候，话就特别多。

她边说边悄悄留意宋至肴的表情，然后伸出手：“我自己也烫伤了。”

纤细漂亮的小拇指上的一道红印格外显眼。

“我……”

“我长得像医生？”宋至肴冷冷地瞥了她一眼，打断她，没有给对方再说话的余地，他面无表情地拨通电话，对着那边道，“过来，把你的人带走。”

方宓宁顿了下，反应过来，她气呼呼地冷哼了一声，摔掉手里的毛巾扭头就走。

程舒窈虽然在俯身收拾烂摊子，耳朵却没空着，听完这俩人的对话，她偷偷撇了撇嘴。

这人讲话不留情面的毛病果然还在。

她转过身想去拿他身后的拖把，小心翼翼地问：“那什么，你抬下脚？”

宋至肴站着没动，也没说话。

“还有这个，”她看着他手里的东西，犹豫了下，小声提醒道，“我看你拎半天了，不重吗？”

宋至肴这才想起自己手里还拎着灭火器，他没说什么，从她身上移开视线，把东西放到外边，余光瞥到她小臂处的一道血痕。

“胳膊怎么了？”

应该是刚才慌乱中蹭到了墙壁转角处吧，程舒窈没在意，只是胡乱用手背抹了下，脑子里还是刚才他跟方宓宁的对话，一时间脱口而出：“没事，再说，你长得也不像医生！”

说完，她看见宋至肴脸色变得更黑了，她懊恼地拍了下自己的脑袋，默默闭上了嘴巴。

然后，她又听见门外还没走远的方宓宁把包重重摔在墙上的声音。

晚上九点钟。

程舒窈还是惨兮兮地抱着枕头，站在了对面的客厅里。

家里一片狼藉，电器受损，部分线路短路，床单被子也都被淋了个透，今天时间太晚，师傅暂时来不及上门维修。

她也不想回家里住。

于是在宋姓好心人好心问她留不留宿的时候，她很没骨气地没有拒绝。

两人一猫，站在客厅中央，大眼瞪小眼。

不知道为什么，程舒窈莫名其妙就想到之前两次阴错阳差的接吻，气氛忽然有点尴尬。

“你这也就一张床，”她没话找话，毫不走心地、象征性地客气道，“我睡了多不好？怪不好意思的。”

“不用不好意思，”宋至肴从电视柜下面拿了个医药箱出来，想到因为下午这场乌龙，自己怒爬十七楼的经历，没好气道，“本来也没打算让你睡床。”

他把医疗箱丢到她面前，瞥了眼她微红的耳朵，像看穿她的心思一般，轻哂："谁知道你对我有没有什么不良居心。"

程舒窈一脸震惊。

他调好空调温度，给霸王龙喂好猫粮，然后从柜子里拿出一条毯子丢到沙发上："这里才是你的位置，不用客气。"

OK，还是熟悉的配方，熟悉的味道。

她那点儿感激以及对同屋而眠的小小紧张和期待瞬间消失得无影无踪。

沙发就沙发!

程舒窈忽然又想到什么，看着他伸手："票呢？"

"什么票？"宋至肴给自己倒水喝。

"巡演的票，你不是说要给我吗？"

"我说了吗？"他端着杯子，好整以暇地看她。

"说了啊。"程舒窈去翻手机记录。

"我只问你要不要，没说要给你。"

程舒窈去翻聊天记录的动作瞬间顿住，然后慢慢地抬起头，愤愤地睨着他。

宋至肴无所谓地同她对视，甚至扯了个笑出来。

毕竟寄人篱下，不能跟他计较。

对视片刻后，程舒窈率先移开了视线，大剌剌地抱着枕头往沙发上一坐，打开医药箱，找出碘酒和棉签胡乱往手臂上擦了两下："是，你说对了，我要是睡床，搞不好真的会对你有不良居心。"

宋至肴看不下去她的粗鲁动作，正准备伸手拿过她手里的棉签，听到这话，动作有片刻不自然，他别开视线，动了动嘴角。

“我怕我半夜会忍不住爬起来杀了你。”

程舒窈补充完后半句。

那让你睡沙发，你半夜爬起来岂不是更想杀我？

宋至肴也没计较她话里的逻辑漏洞，只是看了她一眼，拿过药箱帮她处理好伤口，然后起身从床上拎了毯子和枕头放在沙发上：“卫生间柜子第二层有干净的毛巾和牙刷，洗漱完赶紧睡！”

程舒窈被他从沙发上捏着脖颈提溜起来，看他躺到沙发上，不由得瞪大眼睛。

“要是在我床上留下一根头发丝儿，或者口水印，”他掀眼看她，笑了下，“后果自负。”

程舒窈被他笑得一阵发冷，动作浮夸地搓了搓手臂。

“知道了！”她扬声，转身又忍不住嘴角上扬，“你放心，我不会对你图谋不轨的！”

回应她的是一声嗤笑。

程舒窈没有认床的毛病，她从小过得就挺糙，困了随便往哪儿趴着躺着都能睡着。

但今天晚上，她躺在宋至肴的床上，空调是最适合睡眠的26度，身上是柔软的薄毯，鼻尖满是独属于他的清淡味道。

感觉有点儿洗衣液和金属的混合味道。

不难闻，倒是有点儿独特。

她闭着眼睛躺了两个小时，却一直没睡着，最后索性无奈地放弃抵抗，翻了个身放空脑袋，顺其自然等着天亮。

窗帘没拉严实，从缝隙里漏出一丝路灯的光亮。

沙发就在床头一侧的位置，她转过身撑着脑袋，映着细微的光亮，正好看见熟睡的宋至肴。

他五官轮廓格外硬挺，连睡着的时候都眉头紧皱，又好像随时保持警惕，下一秒就要睁开眼睛审视她一样。

然后，她好像听见他低声说了句什么，梦呓般的轻微声响。

“宋至肴。”她压低声音。

没反应。

看来是睡着了。

她看了一会儿，也觉得有点没劲，索性就着这个姿势看着他发呆。

也不知道过了多久，她的意识终于模糊起来，迷迷糊糊间她听见什么响动，然后是床侧轻微塌陷的动静。

程舒窈吓了一跳，睁开眼就看见近在咫尺的宋至肴。

“喂！”她松了口气，然后戳了戳他，“你自己说睡沙发的啊！”

对方没动。

“宋至肴，”她有点哭笑不得，“到底是谁对谁居心不良啊？”

对方依然没动，眉头紧皱，连带着拳头都攥紧了，脖颈到额头间青筋暴起，眼睑微动。

像是梦魇了。

“宋至肴，醒醒？”她想去喊醒他，又怕这种时候强行叫醒会吓到他，只好压着性子温声喊他，“宋至肴？”

梦境辗转反复。

狭小的空间里漆黑一片，一门之隔，外面是巨大的争执和打斗声。

还有桌椅被掀翻在地的声音，皮肉撞击的声音，以及……骨头碰在墙壁上破碎的咔嚓声。

宋至肴被封住嘴巴，惊吓之余甚至都没想起来伸手去撕开，只是趴在地上透着细细的门缝，看见黑色皮鞋踹在宋义胸口，宋义咬牙闷哼了一声。

男人笑得近乎疯狂。

入眼是铺天盖地的鲜红色血液，温热又诡谲，分不清是水流还是血液的滴答声。

“不自量力，”男人笑得狂妄又嚣张，“做什么不好，非要跟我过不去。”

然后男人陡然回头，像是看着他的方向，又笑了下，嘲讽道：“快二十年了。”

“汪绍远！”

他咬紧牙关，却喊不出声音。

周围只有无尽的黑暗和温热的血液，耳边是无数小孩子撕心裂肺的哭号声。

……

程舒窈听不清他在说什么，只看见他表情隐忍，额间沁出细密的汗珠。

她喊了几声他都没有反应。

她甚至抬手探了探他的额头，温度正常，汗水濡湿。

她无端想起他刚搬过来，睡觉被她和霸王龙吵醒那次，那时他也是这样，大汗淋漓，苍白着脸，面色难看，还有之后在街上，他红着眼睛对小混混下死手的样子。

程舒窈见他依然没有转醒的迹象，犹豫片刻，她抿了抿唇，慢慢伸手环上他的腰脊，轻轻拍着，温声安抚："没事了。

"没事了，宋至肴，这是在做梦。"

2

程舒窈折腾了大半晚上，第二天醒来的时候已经日上三竿。

她睁开眼睛，大脑有些迟钝地反应了几秒钟，然后才想起来自己身在何处，紧接着想到昨晚的情况。

身边已经没人了。

她翻了个身，依然空空荡荡的。

别说床上，整个房间里除了那只懒猫勉强伸了个懒腰，踩着她的胸口一跃而起，站在桌上"喵喵"叫了两声以外，再没有其他活物。

有一瞬间，她都以为昨晚那个睡觉梦魇到快哭出来的宋至肴是她的错觉。

啧。

她深深吸了口气，舒舒服服地伸展四肢，打了个哈欠。

钥匙转动的声音响起，大门被人从外面拉开。

程舒窈一秒收了架势，她胡乱揉了揉脸，从床上翻坐起来。

宋至肴拎着袋子从外面进来，往她这边扫了一眼，把打包盒放在桌上："吃饭。"

"噢！"

程舒窈睡饱了，心情很不错。她哼着小曲儿，紧跟在他屁股后面进了卫生间，忍不住嘴欠道："我还以为你打算睡完就跑呢！"

宋至肴洗完手，像是想到什么，偏过头："睡完就跑？"

"果然要开始装失忆了吗？"她好不心虚地看回去，然后拿了牙刷挤牙膏，"哎呀，也不知道是谁昨天晚上睡到一半主动爬到床上，抱着我死都不肯撒手。"

她越说越离谱："还一边说，程舒窈，你是仙女，是天使，我太喜欢你了。你不记得了吗？"

她含着牙刷，表演欲十足，一副"没想到你是这样的人"的表情。

宋至肴神色有片刻僵硬，但很快幽幽道："天亮了，你还没睡醒？"

"你这是恼羞成怒。"

"你吃不吃饭？"

"吃！"程舒窈快速刷完牙，胡乱洗了把脸，趿拉着拖鞋往外走，但心里还惦记着他昨晚的事情，她试探着问道，"你最近是不是压力特别大啊？"

她留意他的脸色，小心地问道："是因为……"

"因为对你思念成疾，辗转反侧，夜不能寐，一心只想着爬上床，抱着你不肯撒手？"

宋至肴一脸标准的假笑。

她刚才纯属是为了调节气氛，外加调侃，也没觉得什么，可这会儿从他嘴里说出来，怎么听都觉得怪怪的。

但气势不能输。

程舒窈错开视线，悄悄捏了捏自己的耳垂，故作镇定地凑近，反调戏回去：“对啊，所以你丧心病狂，半夜爬床？也不知道是谁对谁居心不良呢！”

宋至肴放下碗筷，抬起头同她对视。

两个人距离很近。

她莫名就有点不淡定了。

他笑了下，刚准备说话，大门就被敲响了。

“宋至肴？”是一个女人的声音。

才刚喊了一声，紧接着另一道声音伴随着更大更随意的敲门声响起，对方满不在乎地咋呼：“宋至肴，你开门啊，我知道你在里面！

“你有本事藏妹子，没有本事开门啊？

“别躲在家里不出声，我知道你在里面！”

是徐子启。

“姐！我来蹭个早饭，你在吗？

“姐！”

没一会儿，对面门也拍得啪啪作响。

程舒窈心里咯噔一下，嘴里的油条还没吃下去，差点儿把自己噎住。

她忍不住有点心虚了，她看了看穿着睡衣的自己，再看看同桌而坐的宋至肴，胡乱喝了两口牛奶，噌地起身，结果因为动作太急撞到了桌角，小脚趾一阵钻心的疼。

宋至肴无语又好笑："程……"

"没事没事。"她疼得龇牙咧嘴，随便摆摆手，环视一圈，往卫生间去了。

宋至肴慢条斯理地吃完手里的东西，就这么默默看着她像无头苍蝇一样慌里慌张躲进卫生间，也没说什么。

直到看够了热闹，他才擦擦手，起身去开门。

"一大早的，你干什么呢？磨叽这么半天才开门？"徐子启狐疑地看着他，然后拉出舅妈，"我出门的时候刚好遇到舅妈，就顺路送过来了，舅妈给你做了好吃的，我沾点光吃个早饭不过分吧？"

说着，徐子启就去推门："你站门口干什么，倒是让我们进去啊！"

"舅妈。"

宋至肴单手接过蒋女士手里的袋子，老实地打了个招呼。

然后，他不动声色地抵住门框，接过徐子启的话："想吃早餐，找方宓宁。"

"你还好意思说，昨儿个怎么回事？"徐子启愤愤道，"我过来的时候，宁宁就红着眼蹲在一楼台阶上呢，一看见我就哭，你怎么她了？欺负女孩子，宋至肴你还是人吗？"

"不是。"

徐子启一噎："……"行，你狠。

"没怎么她，"宋至肴看了眼舅妈，才说道，"她为了给你制造惊喜，过来学煮菜，然后，你懂吧？"

想到自家那位小祖宗曾经的光辉事迹，以及他吃完她煮的东西，食物中毒三进三出急诊室……徐子启瞬间一个寒战，气势也蔫了。

他拍拍宋至肴的肩膀，深感他赶走方宓宁完全是救了自己一命：“兄弟，啥也不说了，大恩不言谢。”

蒋女士看着两个人你一句我一句地说完，扶了扶金边眼镜，表情和语气一如既往的冷漠，她指指袋子，解释道：“这是炸小黄鱼，还有点卤菜，你舅舅爱吃，所以做多了，我早上出来跑步，你舅舅让我给你捎带过来。饺子是冻好的，放冷冻室里，吃的时候自己煮！”

就冯戎同志的食量，还能有做多的份？

舅妈家到他这里十几站公交车的距离，跑步哪能跑这么远？

宋至肴点头笑了笑，也没拆穿：“谢谢舅妈。”

“可别谢我！”蒋女士没好气地板着脸，“可不是我爱管着你，是你舅舅非要让我送过来的，喊你回家也不回去！

“小拖油瓶长大了还是个大拖油瓶，多大人了，连自己都照顾不好，一天到晚不着家，回头再生个病，不知道的还以为是我这个做舅妈的容不下你，虐待小辈呢！

“我可不想被人戳着脊梁骨议论！”

蒋女士刀子嘴豆腐心，宋至肴习惯了。

周呈韫拍了半天门都没等到姐姐露面，倒是听了几耳朵这边的对话，一边给程舒窈打电话，一边琢磨着情况。

他试探着问宋至肴：“那什么，打扰一下，我姐昨晚没回来吗？”

“咚。”

身后屋内有什么东西掉在地上。

宋至肴笑笑，故意停顿了下，才说："不知道。"

周呈韫嘀嘀咕咕地走了。

程舒窈提着心留意外面的动静，才刚刚松了口气，又听见徐子启的声音。

"里面刚刚什么声音？你大清早的在里面干什么？"

"宋至肴，你玩挺大啊？！"徐子启踮着脚，绕过他往里面看，"该不会背着我偷偷……"

程舒窈听见门响，忍不住又吸了一口气，但很快她又反应过来。

她明明只是情况特殊，过来借宿一晚，顺便一起吃个早饭，她心虚个什么劲？为什么非要偷偷摸摸躲起来？

这下好了，现在出去反倒显得有什么不可告人的事情，跳进黄河也洗不清。

"你该不会背着我偷偷养狗了吧？"徐子启兴冲冲地说，"年纪轻轻就猫狗双全啊，你养了什么狗，给我看看呗？"

说着，他侧身就要往里面挤。

程舒窈就在宋至肴身后的卫生间里，隔着门缝听见徐子启要进来的声音，她忍不住露出半个脑袋冲宋至肴使眼色，张牙舞爪地威胁他不准放人进来。

宋至肴回头瞥了她一眼，对着徐子启要笑不笑地说："藏獒。"

程舒窈腹诽道：你才是藏獒，你全家都是藏獒。

宋至肴一见她那表情，瞬间就明白了她在想什么，抵着门的手故意松了些。

“刺激啊！我一直都想养条狗，”徐子启丝毫没留意到对方的小表情，越发来了兴致，自顾自激动着，“藏獒在城市里能养吗？”

程舒窈听见他换鞋的声音，立马做着认错的动作。

“我跟你说……”

徐子启刚直起身准备进来，宋至肴赶在他进门的前一秒，忽然换了个方向，整个人斜过身，抱臂拦在他面前：“别看了，刚接回来，胆子太小，回头要吓死了，拿你这条狗命赔给我？”

徐子启瞪着一双无辜的眼睛，不可置信道：“你又忽悠我，禽兽！”

“宋至肴，”看穿一切的蒋女士扶了扶眼镜，想到上次的事情，无比严肃地审视着宋至肴，“这两天抽空回家里一趟。”

宋至肴迎着她的目光，沉默片刻，点头：“好。”

其实他从回来到现在，还真没回家住过。

倒不是因为别的什么，只是他还在私下查汪绍远的事情，不想让舅舅、舅妈知道了担心，也怕这种事情牵连到他们。

但眼下，他也猜到舅妈喊他回去是因为什么事情了。

周五下午六点。

程舒窈跟着宋至肴站在一栋老旧的居民楼下。

“真的要上去？”她停下脚步，犹疑地抬头看了眼高高的楼层，莫名有些忐忑。

“怕了？”宋至肴回头。

“谁怕了？”她脖子一梗，“不就是陪你回趟家吗？身正不怕影子斜，我怕什么？老冯同志还是我教练呢，我这次科目二考过了，冯教练功不可没，我就当去谢谢他，我怕什么？”

宋至肴不置可否，走在她前面直接上楼。

程舒窈给自己做了半分钟思想工作，然后一鼓作气，大步跟了过去。

楼上客厅里，冯戎坐在小板凳上侍弄他的小金鱼。

蒋莹影坐在旁边择菜，板着脸念叨：“一问三不知，也不知道你这舅舅是怎么当的，一天到晚不关心自己外甥，就知道打牌养鱼！”

“你关心你就自己问呗，孩子大了，自己心里有主意，你掺和人家那些事情干吗？”

“谁爱关心你们家那些破事？”蒋莹影冷哼一声，手上动作不停，口是心非地说，“你妹妹妹夫不在世这么多年了，留下这么一根独苗，自家孩子非让人家老陈带去养着，这些年多少邻居戳我脊梁骨呢！噢，现在宋至肴回来了，连家都不回，成天待在自己那个小公寓有个什么好？年轻人不懂事，回头再出个什么事，你这个做舅舅的都不清不楚，看你到时候上哪儿哭去！”

冯戎“啧啧啧”地喂着小鱼儿，压根儿没把这些话听进去，只是随口道：“瞅你一天咸吃萝卜淡操心，宋至肴都多大人了，他能耐着呢，用你担心？”

蒋莹影想到什么，欲言又止，过了一会儿，她放下手里的菜，问道：“那你知道，他跟那闺女是怎么回事？”

“哪个闺女？”冯戎放下鱼食，捻了根烟，撞上老婆的视线后又默默地放下来，恍然道，“小程啊，哎，那能怎么回事，好着呢啊，就一姑娘，宋至肴再不懂事，还能打起来不成？”

蒋莹影要被他气死了，她猛地一摔手里的菜叶，直戳他脑袋：“打打打，就知道打，蠢死你算了！”

她气得大口呼气，片刻后，才看着冯戎说：“我那天晚上路过，去给宋至肴送菜，他不在，我担心他又去查那些事情，就坐在楼梯口等了一会儿，结果你猜我看见什么了？”

“啥？”

“他背着小程回来的，俩人闹别扭呢，小姑娘扭头就干呕，看着挺难受的。你外甥那个小畜生，还……”

冯戎仍然一头雾水：“说话就说话，你怎么还骂人呢？”

蒋莹影不知道自己怎么就嫁了这么个榆木脑袋，她红着张老脸说道：“都那样了，还压着人小姑娘亲！”

“啊？”冯戎瞪大了眼睛，愣了会儿，然后伸出个大拇指，“厉害，亲一下怎么了？年轻人谈恋爱，你这思想不能这么古板的！”

“年轻人不懂事你也不懂事？”蒋莹影冷眼看着他，“宋至肴哪里经手过这些？又没个爸妈张罗，那你做舅舅的是不是得尽点家长的职责？咱们不能做那种没有责任担当的人，当然，也得尊重人姑娘的意愿，生孩子这事也复杂着呢……”

啥玩意儿？

冯戎怀疑自己是漏掉了什么，瞬间被“生孩子”这几个字给雷了个外焦里嫩。

等等！这哪儿跟哪儿，怎么就生孩子了？

可是自家老婆说的，总不会有错。

那就只有一种可能了！

这浑蛋！

宋至肴看着亦步亦趋跟在身后的程舒窈，留意到她的各种小动作，觉得很有意思。

直到快进门，他才扭过头握住她的手。

程舒窈正在各种胡思乱想，一时没反应过来，抬起头的动作有点呆。

“别紧张。”他说。

宋至肴的手心很热，还带着点独属于男人的粗糙质感。程舒窈忍不住轻轻动了动手指，然后不动声色地回握住。

完蛋，更紧张了。

她想。

门铃按响，门很快被人打开，宋至肴喊了声：“舅舅，舅妈。”

程舒窈还在犹豫自己要怎么称呼他们，就看见冯戎反手掏出一根棍子迎面冲出来，单手拎住宋至肴的小臂，面色铁青，看见程舒窈才勉强收敛了些情绪：“小程啊，跟舅妈去坐会儿，特意给你买了水果和饮料。”

这……是不是哪里搞错了？宋至肴才是亲外甥啊？

她还没来得及开口，蒋莹影就笑着过来挽住她的手，热络地招呼着她往客厅里去。

“宋至肴，你个小兔崽子跟我过来！”

与此同时，冯戎跟川剧里的变脸大师似的，转过头就一副凶神恶煞的样子，一手拎着手臂粗的棍子，一手拎着宋至肴，往书房里去了。

程舒窈无比担心地看过去，又看向蒋莹影：“这……”

“没事，学术交流。”

蒋莹影扶扶金边眼镜，笑着继续招呼她吃东西。

学不学术的，程舒窈不知道，她只知道，自己之前那些紧张真的都是白搭，真正该紧张的是宋至肴。

她坐在客厅里陪舅妈聊了一会儿天，然后就准备吃饭了。

应该是他们提早沟通过，饭菜早已经准备得差不多了，只需下锅炒。

程舒窈自己就是个厨师，一半出于礼貌客气，一半也是出于职业病，她一直想往厨房钻，但是被蒋莹影连推带扶地赶了出去，一点儿油烟都没让她碰。

还真是客客气气地做了个甩手客人。

倒是宋至肴从书房出来的时候，裸露在外的小臂都青了一块。

看上去还挺吓人。

一顿饭下来，程舒窈差点儿以为自己才是冯教练家亲生的外甥女，宋至肴是从垃圾桶里捡来的乞丐。

但她也不敢多问，只是老老实实地把舅妈和舅舅布的菜都吃了个一干二净，最后出门的时候肚子撑得都鼓了起来。

她随手悄悄地扶了扶腰。

于是，三个人表情各异地同时看了过来。

程舒窈摸了摸鼻尖，相当尴尬地默默放下手。

“以后没事常来玩，”蒋女士握着她的手，温和地拍拍她的手背，“回去也替我们跟你家里人问好，回头找时间一起吃个饭。”

“这……”程舒窈看看宋至肴，想着做戏做全套，只好硬着头皮笑着点头，“好。”

宋至肴还想说什么，瞥到手机来电，他脸色微微一变，刚想走到走廊另一侧去接电话，就被舅妈一手按住。

“舅妈？”

“还知道我是你舅妈？”

蒋莹影没好气道，然后直接拿过他的手机，按了挂断。

宋至肴嘴角微动，到底也没多说什么。

“宋至肴，”蒋莹影说，“以前的事情，过去就过去了，你爸妈从来没有后悔过自己的选择，他们护着你好好活下来，也不是为了让你给他们报仇的！

“我不是不理解你的心情和做法，但这是你想解决就能解决的事情吗？

“这世上不公平的事情太多了，每个人放不下的事情也太多了，我从前不说，是觉得你总有一天自己能想通。

“别钻牛角尖，恶人自有天收，现在我们就各自图个平安，不好吗？

“你以后也会有妻子、家庭，难道你真打算一辈子跟姓汪的杠上？宋至肴，做人不能这么自私！”

程舒窈隐约觉得舅舅、舅妈一家仿佛认定了她跟宋至肴的事情，压根儿没拿她当外人。

程舒窈站在门口，听蒋莹影一口气说了这么多话，又偷偷地去看宋至肴的反应。

她真怕他脾气上来，再发一通火。

但宋至肴只是背对着墙壁，垂头把玩着手里的打火机，半边身子隐匿在光影中，一句话不说，也看不出什么情绪。

等舅妈说完了，他才抬头，难得好脾气地扯出个笑，老老实实地应了下来。

电话再次响起，当着舅舅、舅妈的面，他抢先一把按掉，然后拿给他们看，笑了下：“行了，别担心，我知道了。”

冯戎深深地看了他一眼，然后拍拍他肩膀，转过头扯了扯老婆的胳膊，将人往回带些，然后冲程舒窈笑笑。

“尽说些有的没的，得了，你们早点回去吧！

“对了，别忘记科目三考试啊，回头让宋至肴多给你讲讲。得，快走吧！”

Chapter 07
告白

/ 她真的好心疼他 /

1

“宋至肴什么事儿？他能有什么事儿？”

烧烤摊上，岑路一手烤串一手啤酒，喝到兴头上，还不忘跟程舒窈碰个杯，大着舌头说：“我哥，不是我吹，我宋哥，绝对的汉子，真男人！

“不对，我说错了，收回我之前那句话，我哥不是没事儿，他那事儿说起来，没个三天三夜，讲不利索的。”

“怎么说？”程舒窈瞄了眼路口方向，然后跟岑路碰杯，继续问道。

那会儿从冯戎家出来，前脚才信誓旦旦挂了电话表完态的某个人，后脚就直奔后街烧烤摊儿去了。

岑路已经点好了烤串儿在这儿等着。

程舒窈严重怀疑这兄弟俩之间是有类似于电话连续挂断几次，

就默认约在老地点碰面之类的默契暗号。

她不放心，就胡诌了个借口也跟着过来了。

兴许是工作真的有了重大进展，岑路兴致挺高，加上宋至肴这家伙有意灌酒，没多久他就开始大舌头了，一口酒灌下去，眯着眼睛噼里啪啦地把手上的案子进展倒了个一干二净。

但他还算有职业操守，事关案情的具体细节没有多说，只兴冲冲地说了些他们一帮人怎么怎么跟那帮小王八蛋斗智斗勇的段子，说这次肯定能把那帮老浑蛋一网打尽。

他性子耿直，说话很有趣，跟说段子似的。

程舒窈边听边留意宋至肴的反应。

比起这些，她其实更关心宋至肴的事情。

比如，和之前那个汪绍远的事情；比如，他在部队里这么些年的事情。

所以等宋至肴去买单，顺便帮岑路找人来接的时候，程舒窈装模作样地跟岑路碰杯，学着宋至肴的样子套他话。

没想到其实根本不用费什么劲，岑路这小迷弟就已经抱着酒瓶子开始竹筒倒豆子地跟她“安利”自己的偶像。

“那你是不知道，我自打上大学那会儿，就特崇拜他！”

“传奇人物，长得帅就不用说了！”岑路掰着手指头给她算，“体能训练，整个学校都没人扛得过他，那几年教官都一直拿他举例说事儿。真的，我哥绝对是一代人的心理阴影，就，别人家孩子那种你怎么都超越不了的存在！

“武警学院都是魔鬼训练，体能、射击、驾驶、野外生存、格斗……这些都少不了，除此之外还有反劫机、防暴排爆……

“什么理想啊热血啊，当你趴在训练场上气喘吁吁，两眼发黑，体力已经透支却还要在泥地里跟条狗似的打滚时，全都是虚的。那会儿真的想一巴掌拍死自己，回去舒舒服服做个坐吃等死的废物不挺舒服吗？真的，大家多多少少都有过这种念头。

“但就我哥，他跟没知觉的机器人似的，玩儿命你知道啥概念不？真不要命的那种，那会儿有实战演练，我记得有一次是模拟营救，歹徒是穷凶极恶的人贩子，在十二层楼上，有鱼死网破的危险装置，还有一堆丁点儿大的小孩做人质。

“我哥太真情实感了，真的上头，你没见过他那样儿，红着眼睛，好像非要把对方弄死不可。排爆，高空索降，那会儿都是毛头小子，明知道是演练也害怕，但他就跟没神经似的，眼睛都不带眨一下的。

“还有一次是出去参加技能交流比赛，结果我们在附近酒店发现一帮‘瘾君子’，都是帮穷途末路不要命的，手里都带着东西，急眼了啥事儿都干得出来，鱼死网破真不是说说而已，我们当时都还是学生，但是情况紧急，没等讨论，宋至肴就一个人跟上去了。

“厉害是真厉害，危险也是真危险，他一对八，差点儿没血溅当场，当然，最后那帮人也全都被抓了。

“怎么说呢，感觉这人心里憋着股劲儿，特拗。

“也不是不好，但我有时候真挺担心，哪天他那口劲儿松了，人也就废了。”

岑路闷了口酒，想到了什么，冲她勾勾手，把脑袋凑近：“我听说啊，我哥小时候，那会儿也就十岁的样子……”

宋至肴买过单，帮岑路叫了车，自己站在路边等着，一边跟朋友打电话，一边不时抬头看一眼不远处说笑的两个人。

“岑路都跟你说了吧？”电话那边笑着问，背景里是几岁小孩的小奶音。

“嗯，”宋至肴点头，收回目光，轻吐了口气，也笑了笑，“你叫过来的？”

“没办法，我得接儿子放学，不像你。”

“不像我什么？”他气笑。

“儿子，”那边扭头喊，“跟宋叔叔说青蛙怎么叫？”

“孤寡孤寡！”

宋至肴一愣：“别祸害下一代，当心回头被你老婆打死！”

那边笑道：“行了，赵局那边已经派人布置好了，就等着抓人，等这事结束，你也算拔掉心里一根刺，回头跟老陈头好好说说，服个软，别倔了，早早归队吧。”

“我听人说，结了婚的男人话就特多，没想到还真是。”

“宋至肴，你就可劲儿嫉妒吧，你加把劲儿，我在已婚妇男的队伍里等你。”

“滚蛋！”他心情不错，笑骂了一声，然后顿了顿，又敛声认真道，“谢了。”

那边一愣，随即也回骂：“说点儿人话？你以为这案子就只是为了你？

“职责所在，你别自作多情。

“再说，我在里面顶多就是个传话加跑腿的，但凡没有老陈盯着你，这事儿能轮到我身上？”

老陈是真被宋至肴的不要命吓怕了，这次铁了心要让他长记性，所以给认识的人都打过招呼，严防死守不准他再打探丁点儿案情。

特别是在刘每落网之后。

但他是不可能死心的，更何况上次还见到过汪绍远一面。

这种万年难得的机会，要是不抓住，等这老泥鳅溜走，还有没有下次就真的不一定了。

可他也没有确凿的证据，队里那帮人嘴巴也都被上了“封条”，所以他只能悄悄摸索，然后凭感觉赌一把。

当年的特大儿童拐卖案中，刘每就是靠给汪绍远发展下线发迹的，后来刘每入狱，再出来时一穷二白，身上背着污点，又没有学历或者技能，已经严重与社会脱节。

可谁知道，短短几年内，刘每竟然又成为本地大宗洗钱案的头目。

即便刘每没有跟当年潜逃的汪绍远重新勾结到一起，也必然少不了从前的人脉资源。

宋至肴没办法光明正大地调用和共享队里的资源信息，但好在他现在不在老陈眼皮子底下，于是他就每天自己偷偷蹲守走访。

刘每有个在医院里等待肾源的妹妹，虽然刘每出了事，但她的经济似乎并没有受到任何影响，只是她全日制托管在外的小孩没再出现过。

好巧不巧，小孩所在的托管班就在富林广场那边的培训机构。

宋至肴从这里入手，又去医院里见过刘每的妹妹几次，明里暗里透露一些刘每和她小孩的事情，加上还有乔柏这个不怕死的帮他往队里和刘每那边递消息，用妹妹的事情敲打敲打刘每。

调查也好，套话也罢，这些压根儿都不在他的专业范畴内，队里多的是比他有能耐的人。但如果真的跟汪绍远有关，失去刘每这个左膀右臂，涉及重大旧案，做的又都是见不得人的生意，汪绍远只会更加坐不住，但凡有机会，汪绍远都会想要尽快脱手手上见不得光的交易。

于是，宋至肴他们做好了套，下了饵，只等收网。

想到这里，宋至肴目光落向很远的地方，然后他微微低头，伸手从兜里拿出一盒烟。

还剩一根。

当年的儿童拐卖案头目汪绍远潜逃一案，陈川他们其实一直都有在留意，但毕竟这么多年过去，他们也不可能把所有心力都放在这一件事上。

如今总算要将人缉捕归案，陈川压在心口这么多年的石头也要落下去了。

“宋至肴，”半晌，电话那头沉沉出声，“就一次，这事儿过去了，以后就翻篇儿。”

宋至肴摸遍衣兜也没找到打火机，最后把咬在嘴里的烟头又拿到手上，扭头看向正叽叽喳喳跟岑路说话的姑娘。

大概是察觉到他的视线，她也回了下头，扬着下巴冲他一笑。

“知道了。”他把烟丢进了绿色的大垃圾桶里。

岑路喝上了头，又遇上程舒窈还挺乐意听他讲话，一时刹不住，捡着认识宋至肴这几年以来的各种光辉事迹使劲儿吹牛。

他说得起劲，程舒窈听得却心惊胆战的。

她小时候被妈妈送到乡下去养，缺失父爱母爱，也遭遇过同学的奚落和嘲讽，直到现在跟妈妈之间也没有办法缓和母女关系，有时候她也觉得自己挺惨。

但这跟宋至肴的经历比起来，根本不值一提。

她甚至不太能想象，年幼时独自一人被关在卫生间里，又亲眼看见父母被恶意来打击报复的犯罪分子杀害的血腥场景。

在她跟乡下一帮熊孩子满果园撒野的时候，他正被躲藏在暗处的犯罪分子追杀。

在她为了发色和短裙跟教导主任斗智斗勇的时候，他正在部队里接受高强度体能训练……

在一次次任务中的生死关头，他每次都抱着必死的决心去跟穷凶极恶的歹徒玩命，然后在日复一日的魔怔睡梦中猝然惊醒。

就真的，还挺煎熬。

宋至肴打到车，把喝得晕头转向的岑路丢进去，又加了钱叮嘱师傅送他上楼。

看着车子开走后，他一回头就对上程舒窈凝重又复杂的目光。

“有事？”宋至肴有点好笑地问，然后伸手去掰她的脑袋，“程舒窈，你别一副……”

话音未落，身前一暖。

她站在他对面，张开双手环上了他的腰。

虽然才刚入秋不久，但夜里温度还是有些低，冷风吹过来，跟怀里的温热形成了鲜明的对比。

程舒窈歪着脑袋倚靠在他胸前，从他的角度垂眸，正好能看见她毛茸茸的头顶，不知道是不是因为喝了酒的缘故，映着路灯，还露出了她左侧红透的耳尖。

宋至肴几乎没同人有过这样亲昵的动作，一时间有些措手不及。

他其实很想开玩笑地松开她，然后说：你可别喜欢我。

可是想了想，他其实更加想说：程舒窈，你要不矜持点，再考虑考虑？我这人其实挺浑蛋的。

“宋至肴。”

程舒窈抱住人了才反应过来自己这一举动有多突兀，但更尴尬的是，这人怎么一点反应都没有？

他倒是礼貌性回抱一下啊，挺直腰杆站在这里一动不动，当自己是电线杆吗？

这样搞得自己很下不来台好不好？

她后知后觉地懊恼自己一时冲动，各种缓解尴尬的想法在脑子里转了一大圈，最后脱口而出了一句：“你腰真粗，你是不是胖了？”

宋至肴选择收回他刚才在心里酝酿的那两句话。

两个人又沉默对视半晌，气氛更尴尬了。

最后是宋至肴率先移开了视线，他从衣兜里摸出两张门票，抬手在程舒窈面前扬起来，清了清嗓子，问道：“还要吗？”

“要！”

程舒窈立马松开他，站得笔直，眼睛都开始发亮。

她差点儿都忘了，自己答应陪宋至肴回舅舅家吃饭，一半是因为上次他帮她在电话里跟妈妈撒过谎，一半也是冲着这个票来的。

宋至肴笑了下，把票递到她面前。

黑色背景加几何图形的封面设计，右侧是乐队成员照片。

C位男人穿着黑色丝质衬衫，眉眼微垂，灯光从头顶落下，显得整个人懒散又矜贵。

太帅了！

这是金钱的味道啊！

程舒窈已经在心里盘算着去敲诈周呈韫的计谋了。

她越想越兴奋，忍不住抱着入场券吧唧亲了一大口。

宋至肴脸色微变，轻哂：“程舒窈，你干什么呢？”

“我怎么了？”

还怎么了？

他瞥了一眼被她跟宝贝似的捧在手心里的票：“有点追求好吗？”

“怎么就没追求了？”程舒窈单纯是不服气。

“怎么都没追求，”宋至肴越发来劲，语气都凉了一截，“就为了这么个丑东西，你跟我转悠了一天？

“没事多晃晃脑子，看里面有没有积水。程舒窈，你要是把心思都花在正事儿上，少做点白日梦，你也不至于驾照考这么久。”

说话就说话，怎么还翻旧账？

“宋至肴，你有病吧？你这是嫉妒，嫉妒让人丑陋，嫉妒让人面目全非。”

“他好看？”

“比你好看。”

“好看能当饭吃？好看你怎么不去找他拿票吃饭聊天？程舒窈，你回头去医院挂个号，看看你是眼睛出问题了还是脑子出问题了。”

他讲个不停，程舒窈看着他嘴唇一开一合，一边吐槽他，一边觉得好笑。

兴许是真的喝多了，她忽然拽住宋至肴，然后踮起脚尖，“吧唧”亲了一口。

对方瞬间不说话了。

“程舒窈。”宋至肴喉结微动，皱眉垂眼看她。

“从小就有人说我嘴巴甜，”她仰着下巴笑，眼睛里有细碎的光芒闪烁，一时不知道怎么解释自己刚才的冲动行为，于是信口胡诌，“但是今天我总感觉你身上有一股酸味，还毒舌，我就想试试看，我这么甜的嘴能不能中和一下。宋至肴，男人太喜欢拈酸吃醋是不容易找到女朋友的哦。”

自己真是喝多了，程舒窈想。

做完这些，她故作淡定地重新站直身体。

宋至肴有些错愕，眼神有些复杂，但已经没了之前那种颓败。

程舒窈看着，片刻之后，她收起嬉皮笑脸的姿态，想到岑路说的那些事情，笑了笑，轻轻抱抱他，意有所指：“善恶终有报，以后都会好的。”

说完，她深深吸气，然后捏了捏自己滚烫的脸颊，装作什么都没发生过，一副云淡风轻的样子，打算在气氛进一步尴尬之前率先跑上楼。

可才刚刚转身，她的手腕就被人从身后一把拽住，她踉跄了下，撞进了一个温热的胸膛。

还没给她反应的机会，宋至肴已经俯身吻上她的唇，她的后脑勺被按住，连动弹和躲避的余地都没有。

混合着酒气，两人的呼吸交缠。

她大脑一片空白。

这次玩大了。

但又有种莫名的开心。

真的喝多了，宋至肴也是。

她想。

良久，宋至肴才将程舒窈松开，还伸手用拇指蹭了蹭她的嘴角。

程舒窈细细地喘着气，脸热到连抬头的勇气都没有，羞恼道：“你耍流氓啊！”

“我这人很记仇，没人跟你说过？”他松开她，却依然保持着微微俯身、距离她很近的姿势，笑道，“我从来不吃亏，现在扯平了。”

2

巡演的票很紧俏。

程舒窈拿到票，成功收获了身边一帮柠檬精们的羡慕嫉妒恨，然后她把票递给周呈韫：“一手交钱，一手交货。”

“姐，你还真跟我要钱啊？”周呈韫不敢相信地问道。

“那不然呢？用我的票追我闺密还不给钱？哪有这么好的事情！”

说得好像也是……周呈韫乖乖给程舒窈转了票钱，又得寸进尺地说：“姐，那你顺便帮我把票给许清姐呗？”

“这是另外的价钱。”

周呈韫一咬牙：“行，但是你不能出卖我啊，我到时候要给她个惊喜。”

程舒窈食指和拇指交错，捻了捻。

周呈韫很识趣地又给她发了个微信红包。

“许清喜欢学霸，以后不准翘课。”

前一句是真是假不知道，但后一句才是目的。

周呈韫虽然知道，但也立马举手起誓：“我保证。”

于是，一分钟后，程舒窈更新了朋友圈动态——

【二缺一，约吗？[图片]】

配图是两张门票。

果不其然，还不到一分钟，许清就打来了电话。

与此同时，另一边，徐子启看着心情颇好的宋至肴，绕到他背后，从他左侧肩膀探出个脑袋，偷偷看他屏幕上的朋友圈动态：“哟，铁树开花了？”

宋至肴收起手机，一秒变了脸，冷漠道：“你很闲？”

“一般一般，天下第三，”徐子启优哉游哉地摇摇头，“不是，你在这儿看这个有什么用？你上次不是拿走了我三张票？还有一张呢？”

“卖了。”

“死黄牛，你差这点儿钱？”

见他没说话，徐子启恨铁不成钢地说：“宋至肴你有病吧？多好的机会，你却卖了票然后自己坐这儿隔空偷窥别人朋友圈？！”

“我喊你过来是为了听你谴责？”宋至肴把玩着手机，被徐子启念得有点烦躁。

徐子启捏捏后颈，拉了把椅子在他身边坐下，正色道：“行，你说，什么事？”

宋至肴侧头，看了徐子启一眼。

徐子启被他看得莫名有点发毛，暗暗搓了搓手上的鸡皮疙瘩，又有点茫然地微微张嘴，等待他的后话。

宋至肴又倏地收回视线，低头笑了下，语气散漫道：“你跟方宓宁到哪一步了？”

“啊？”

一脸凝重、准备好听他说正经大事的徐子启更茫然了。

“你们认识二十多年了，”宋至肴似乎还很认真地掰着手指头算了下，“怎么一点儿进展都没有？徐子启，你办事效率好像不太行。需要我教教你吗？”

徐子启腹诽道：你发什么疯呢？

下一秒，徐子启顺着宋至肴的视线，看向桌上的手机屏幕，是朋友圈刷出来的最新动态，岑路一分钟前发的——

【昨晚喝大了，走到一半发现自己把烟灰缸当成手机揣兜里了，于是又多花了50块车费回去拿手机。结果我是撞破了什么了不得的奸情？！早上翻到照片吓得我一个踉跄，差点儿以为自己酒没醒！】

这家伙每次发朋友圈配文都巨长，所以徐子启第一眼扫过去看到的不是他的文字，而是下面的配图。

照片拍得有点糊，路灯昏黄，两个人相对而站，女生踮着脚吻上去。

地上两道影子几乎融为一体。

凭借多年的熟悉度，徐子启都不用多看也能一眼认出照片里的人。

“搞什么？”徐子启心里随之而来的是被戏弄和嘲笑了一番的愤慨，他捂着胸口，龇牙咧嘴地喊道，“你……”

是个人?

宋至肴你没有心!

宋至肴笑笑，收起手机：“我走了，回头请你和方宓宁吃饭。”

徐子启更气了。

他顺手抄起桌上的纸杯朝宋至肴砸过去，然后才气呼呼地接起电话：“喂……”

出了门，宋至肴才敛起笑，他捏着衣兜里剩下的那张巡演门票，顿住脚步，想了想，还是掉转了方向。

郑乐成找他帮忙谈合作的事，徐子启并不知情。

按道理来说，郑乐成之前跟徐子启闹掰，现在因为生意场上的事情，不得不再跟徐子启打交道，但又抹不开面子，转而找他这个共同朋友作为中间人从中周旋合作，好像也没毛病。

可再想想，他跟郑乐成并没什么交情，甚至从老同学重逢起，俩人也没多说过几句话。

一边是认识多年的兄弟，一边是不怎么熟的同学，所以他这个性子会站在谁的立场着想根本不用多说。

郑乐成与其跟他低头求牵线，倒不如直接去找心软的徐子启。

况且郑乐成也在爱佶待过一段时间，明明清楚他压根儿就不掺和公司的事情。

啧，烦躁。

也不知道自己是不是太敏感了，但在最近这个节骨眼儿上，他确实有点儿草木皆兵。

他想到岑路说队里已经安排好抓人的事情，胡乱扒了下头发，但还是感觉有点不放心。他低头看了看时间，走到路边，伸手招来辆出租车，报上了医院地址。

郑乐成最大的软肋就是郑妈妈。

按照郑乐成之前所说，郑妈妈的身体状况不好，这段时间病情又反反复复，几乎算是在医院安了家。

他按照地址去了住院部，假装探病，报上名字后却被告知郑妈妈前几天已经转院了，至于具体情况，医院那边也不清楚，只说挺突然的。

似曾相识的路数。

宋至肴心里顿时咯噔了一下，有什么念头一闪而过，于是他立马打了电话："乔柏，快，你派人去盯住……"

话没说完，"叮"的一声，面前的电梯门缓缓朝两边打开。

郑乐成推着轮椅上的女人从里面出来，抬头看见宋至肴的时候，脸上有些惊诧，但又很快扯出熟悉的商业笑脸："宋总，之前说的事情，您考虑好了？"

"没事，"从医院出来后，宋至肴对着电话解释道，"是我反应过度了，你们那边怎么样？"

乔柏笑笑，表示理解："放心吧，队里这么多人，再不济，还有我帮你盯着。"

"嗯。"他应了一声，有些疲惫地按了按后脖颈，又想到刚才的乌龙。

护士长说，郑妈妈因为病情反复，所以情绪一直不好，前几天还跟护士起了冲突，非闹着要转院，原本也是办了手续的，但因为当晚她的情况再次恶化，并不适合转移，于是只好临时取消。

后来郑乐成好言相劝，这事儿也就搁置了。

护士台的姑娘是新来的实习生，知道的不多，所以可能闹了误会。

挂断电话，宋至肴松懈了下来，下意识伸手去往衣兜里摸，随即才想起来最后一根烟都已经献给了垃圾桶。

他想到什么，点开微信，又看了眼朋友圈。

岑路的那条动态还在。

两个人有不少共同好友，所以这会儿评论区很热闹，他随便往下翻看了两眼，然后不动声色地伸手点了个赞。

徐子启发来了消息。

【真有你的。】

【虽然但是，不过还是要说，狗子，你变了，身上居然有点儿人味了，果然跟我待得久了，受我熏陶感化，越来越像个人。】

【有点意外，但也挺好，爸爸表示很欣慰。】

宋至肴按掉手机，重新把衣兜里那张票拿出来，眯着眼睛反复看了几眼。

他越看越觉得这男的不顺眼，再想到程舒窈那天兴高采烈抱着票一顿狂亲的样子，他嘴角微微抽搐。

不过，他瞥到座位号：A 区 11 排 12 号。

从徐子启那边顺来的三张票是连座：11 号，12 号，13 号。

半个小时后。

宋至肴捻着票，稳稳地坐在 12 号位置上，脸色黑得吓人。

分别坐在两边的周呈韫和许清隔着中间气场阴沉的男人互相对视了一眼。

“哥，”周呈韫抿抿唇，还是小心翼翼地开了口，“要不，咱俩换个位置？”

“不。”宋至肴伸着腿，一动不动地盯着前方的舞台，语气却阴冷又坚定，仿佛要上去寻仇似的。

现场气氛热烈，他的手机屏幕还没有完全暗下去，还是之前的浏览器页面，赫然显示着搜索记录——

和女朋友看巡演，需要准备什么？

和女朋友第一次看演出聊什么？

高甜慎入，和女朋友看演唱会的全过程！

陪女朋友看演唱会他竟号啕大哭？

……

这些词条对于此刻孤身一人坐在情侣之间的宋至肴来说，就显得格外讽刺。

看演唱会别人会不会号啕大哭周呈韫不知道，反正他现在是真的要哭了。

宋珵喻的演唱会本来就一票难求，能从姐姐那里拿到票就已经很好运了，他也不介意没有连座这件事。

更何况中间也只隔了一个座位。

他原本猜想对方肯定也是一个人，坐他俩中间肯定也很尴尬，到时候现场沟通一下换个位置应该不会有什么问题。

可万万没想到，老姐为了破坏他和许清的姻缘，居然如此费尽心思，不惜安排一个宋至肴过来冷场。

太狠了。

他一边一把鼻涕一把泪地跟程舒窈控诉她的恶劣行径，一边不死心地试图跟宋至肴继续沟通。

许清也看不下去了，试探地问道：“要不，咱们俩换换？我这边位置视线更好……”

“不了。”宋至肴冷漠道。

“单身狗”死的时候没有一对情侣是无辜的。

他都已经这么惨了，还能让这俩人坐一起，继续对他开启双倍打击？

开玩笑！

程舒窈知道事情始末以后，在手机那边笑得前俯后仰，周呈韫就更气了。

他跟许清对视了一眼。

三秒钟之后，他欲言又止地看向宋至肴，等人看过来的时候，他装模作样地犹豫了下，有些震惊，又颇情真意切地道：“那什么，不换也没关系，我懂。”

宋至肴收回视线，专心致志看着台上。

来都来了，他倒要看看都是姓宋的，台上那位到底有什么别样的魅力。

“其实吧，”周呈韫继续说，“现在时代不一样了，我的思想也很开明的，有些事情其实也特别能理解，毕竟每个人的情况都不一样，你放心，即便这种情况不是主流，我也一样尊重你。

“但是话说回来呢，我就是有点意外，我真的没想到你接近我姐其实是为了接近我，我也不是不能理解你的良苦用心，毕竟感情这种事情自己也控制不了，我很意外也很感动。可是性取向这个事情真的勉强不来，而且我马上就要有女朋友了，就算你坐在更靠近我的位置上也没用，很抱歉，我们真的不合适……”

宋至肴的表情以肉眼可见的速度僵硬了下来。

周呈韫见这办法有效果，于是继续念念叨叨。

宋至肴终于忍无可忍了，开口道：“周呈韫，你是不是有病？”

“你放心，我不会因为这个就疏远……”

宋至肴握紧拳头，在心里爆了句粗口，很嫌弃地看了眼神经兮兮的周呈韫，索性直接起身走人了。

旁边的周呈韫见得逞了，瞬间结束表演，立马坐到宋至肴的位置上，表情一变，无比得意地冲许清眨了眨眼。

后者无语抿唇，冲他竖了个大拇指。

宋至肴一路闷着头冲回家，在门口跟正准备出门的程舒窈撞了个正着。

后者嘻嘻一笑，跟招财猫似的冲他招招手，故意调侃道：“哈喽，下午好啊。”

“你怎么没去？”宋至肴索性直接问，“逗我呢？”

“讲道理，”程舒窈窃笑，但表面依旧是一副无辜的样子，“我从来都没说我要去巡演现场啊……哎，你怎么知道我没去？难道你去了？”

“……”

“哎呀，我就是帮周呈韫跟许清要的票，没想到原来你暗戳戳存了这么多小心思？！”

“……”

难得看见宋至肴吃瘪，程舒窈可真是太得意了。

笑了好半天，她才好声好气地道：“好了，别生气了，一切都是个误会，我不会笑话你的……哈哈。”

“程舒窈！”

“在！”她马上立正，忍住笑，“好了好了，我请你吃饭？给你煮好吃的？

“翡翠鱼丸汤？茄汁豆腐？剁椒蒸鸡？辣炒年糕？水煮肉片？酸汤米粉？可乐饼？椒盐排骨？

“笑一个，笑一个！

“你真不吃？”

宋至肴看了她一眼，没什么表情，转身就要走。

“哎，我跟你说话呢，你干什么去？”

“不是说请我吃饭？”他停下来，回头看她，“不去买菜？”

“得嘞！”程舒窈立马笑嘻嘻追上去。

3

如程舒窈所说，一切都在朝着好的方向发展。

徐子启的小公司成功渡过了几次危机，又攻克了一系列技术难题，新产品投放市场的销量和口碑也相当不错，还即将跟大公司达成合作，前景可观。

关于十几年前的特大儿童拐卖案在逃犯汪绍远的事情，队里也特意成立了专案小组进行全面追查。

虽然陈川还是坚决不让宋至肴插手，但有乔柏联络专案组的同事替他打探消息，他也并不是一无所知。

所以，从墓地回来的这晚，宋至肴难得早早地就睡了过去。

梦里辗转交错，还是很多年前的时候——

他被关在狭小的卫生间内，鼻腔内是潮湿又腥黏的气味。

一门之隔，桌椅碰撞，杯盘碎裂，伴随着皮肉撞击的声音。

他的思维混乱，额头青筋暴起，心跳急促，但怎么也喊不出声音，脚下像生了根似的，完全动弹不得。

意识模糊，头痛欲裂。

脚步声逐渐逼近。

他奋力扬起脖颈，睁大眼睛，张着嘴大口大口呼吸。

“咔哒”一声响，门被人从外面推开，露出一张眉眼弯弯的笑脸，鬓角还沾了面粉。

“宋至肴，”程舒窈捡起地上摔碎的盘子，整理干净，然后笑着朝他伸出手，“吃饭了。”

室外并没有淋漓的鲜血，也没有面目狰狞的罪犯。

天气很好，阳光从窗口落下来，地板干净，一室光亮，她身后桌上的饭菜还冒着热气。

舅舅、舅妈从玄关处换了鞋进来，冯戎眯着眼睛叼着烟，手里还拎着老旧的麻将箱，朝里面睨一眼，热热闹闹地扯着大嗓门儿：“大中午的不吃饭，搁那儿干啥呢？麻溜儿地吃完了开一桌啊，咱四个人，正好！”

舅妈扶扶银边儿眼镜，侧过头看他。

冯戎立马踱灭烟头，嘿嘿一笑：“得嘞，先吃饭，先吃饭！”

场面温馨又热闹。

宋至肴不自觉地松了口气，然后看向朝他伸手的程舒窈，随即扯出个笑，刚想抬手就着她的动作起身，忽然很细微的一声响，程舒窈面色倏地一白，皱着眉头闷哼了一声。

他对上她身后一双笑得瘆人的眼睛，然后迅速伸手去扶她，紧接着手心碰到熟悉的温热液体，濡湿又黏腻的触感。

“程舒窈！”

宋至肴大口大口喘着气惊醒，原来又是一场噩梦。

入眼是刺目的光线。

昨晚睡前他忘记拉上窗帘，这会儿光线从窗户直直照进来，落在了他眼皮上。

梦里的惊慌失措感还没散去，他只觉得自己心跳得厉害，他闭了闭眼睛，把手覆在额头上，摸到满头细密潮湿的汗渍。

床头柜上的手机还在不停歇地“嗡嗡”振动。

他没去管，躺着缓了一会儿，才捞过手机。他满脑子都是汪绍远的事情，也没看来电显示，直接放在耳边：“喂？”

“宋至肴，”那边声音压得很低，丢给他一个地址，“华光路鹿煌大厦，过来吗？”

他立即翻身胡乱套了件衣服就往外走：“汪绍远抓到了？”

对方沉默片刻：“你过来再说。”

宋至肴一刻没停地赶了过去。

附近路口设置了拦截关卡，由队里小警员守着。

见宋至肴来了，乔柏过去打了个招呼，然后拉开副驾驶车门上了车。

“人呢？”宋至肴问。

“李子带人去追了。”乔柏看了他一眼，欲言又止。

之前刘每银铛入狱，但一直一口咬定自己只是走投无路才误入歧途，跟汪绍远那帮人没有半点联系。

但因为宋至肴的坚持，乔柏才扛着压力，申请把经济诈骗案跟当年的儿童拐卖案件并案调查，也愣是跟刘每死耗了一阵，还添油加醋地说了些刘每妹妹和家里小孩在托管中心失踪的事情。

刘每当下就有些慌了。

然后，乔柏又去了医院刘每妹妹那里，以同样的招数编了些半真半假的事情，还透露刘每当下的情况，挑拨之下，乔柏终于找到了突破口。

妹妹说刘每出狱之后混不下去，就去网上做一些诈骗的勾当维持生计，后来就被人主动找上门来介绍“生意”，但双方没碰过面，而且一直是单线联系。

具体情况她知道得并不多，只知道刘每大都装作成功人士去做一些投资。

她自己身体不好，自顾不暇，也只能把小孩交给刘每送到外面去找人照顾。

直到自己能跟小孩碰面的机会越来越少，她才发现，所谓的照顾，其实就相当于刘每为了表忠心，把至亲小孩送到对方手下做抵押。

眼下刘每入狱，小孩不知所终，她一个常年躺在病床上的人，除了干着急以外，什么都做不了。

最后在警方的各种沟通下，她才答应想办法联络到刘每手下的一个兄弟，以发展新路子、并且能迅速帮他解决手上的麻烦为幌子，骗他配合警方钓出幕后之人。

一切都进行得很顺利。

在各种试探和确认之后，双方终于约好在鹿煌大厦碰面，警方原本已经提前埋伏好，只等双方露面就可一击即中。

却不料就在最后关头，一辆驶来的黑色辉腾突然掉头就跑。

“提前安排好的，逃肯定是逃不掉。”乔柏说。

宋至肴面上没什么表情，车速却只增不减。

路上车辆已经清过，他车子开得飞快，下颌线紧绷。

“宋至肴，”乔柏偏过头，轻轻拍了拍他的肩膀，“控制一下情绪。”

乔柏知道这是宋至肴的心结，宋至肴做梦都想要亲手将人抓回去，但他的脾气乔柏也知道，揍两拳出出气也就算了，要是他再克制不住，冲上去闹出点什么事儿来，那就真的不值当。

“我给你通风报信，还让你掺和进来，本来就已经触了老陈的逆鳞，回头要捅到赵局那儿，我可没好果子吃，”乔柏故意调侃道，“哥们儿，等会儿悠着点儿，别让我再背个大处分。”

“知道了。”宋至肴故作轻松地应声，但神色没有半分松懈。

黑色辉腾在高速公路的入口被成功拦下。

宋至肴跟乔柏赶过去的时候，李子正敲着车窗，强制性地把人从车里拽出来，怒不可遏地吼：“跑！你倒是继续给老子跑啊！”

见宋至肴他们过来，他才站定，沉声打了个招呼。

两个人“嗯”了一声，宋至肴看清楚从车上下来的人，又往前走了两步，才忽然低头嗤笑一声。紧接着，宋至肴突然一把揪住对方的衣领，往后用力砸在车门上。

对方脸当下就白了，两颊的肉都在颤，却还是梗着脖子说道：“宋……宋总，杀人可是犯法的！”

李子也上前去拦：“那什么，宋……”

宋至肴没理李子，随手将人推开，只死死盯着面前人，眼睛通红地说：“汪绍远人呢？”

“你……”郑乐成艰难地挤出个笑，问道，“宋总，你……你在说什么？”

“不知道是吧？”宋至肴腾出只手，脱了外套，气笑了，“给我下套？行！”

李子很担心，但又不敢凑上去，他不知所措地看向自家队长，后者朝他摆摆手，只拧紧眉头看着。

就在李子怕这兄弟俩一起魔怔了，想当场给人揍死的时候，宋至肴高高扬起的那一拳越过郑乐成的脑袋，只砸在了车身上。

乔柏也忍不住松了口气。

宋至肴咬牙拎着人往车里丢，然后偏过头跟身边另外俩人打招呼：“人借我十分钟，给你审个结果出来。”

李子还想说什么，自家队长深深看了对方一眼，然后点头。

“谢了。”宋至肴说。

然而，他刚准备上车，后面紧跟着就来了一队人。

他关车门的动作被按住。

“就十……”他皱眉，胸膛起伏，看着来人，克制着不耐烦地说，“五分钟。”

“不行，”岑路抵着车门，有些为难，片刻后才犹豫着开口，“哥，人你不能带走，一分钟也不成。”

“岑路。”

“我们查到你跟郑乐成私下有联系，还出入过郑妈妈所在的医院。”

宋至肴忍住骂人的冲动：“我是……”

岑路抬眼看他：“而且，郑乐成有几笔大额资金流入爱信公司账户。”

这话一出，宋至肴愣怔了片刻，脑子里千头万绪闪过。

“哥，”岑路把人从他手上接过来，交给身后的同事，然后小声道，“你还得跟我们回去一趟，配合调查。”

宋至肴一脚踹翻了路边的垃圾桶。

“胡闹！”

这事儿到底还是惊动了陈川，老头子气得发抖，桌子拍得震天响，抬手抓起桌上的地球仪就朝宋至肴迎面砸了过去。

宋至肴站着标准的军姿，一动不动，也不闪躲，额头被划破道口子，立马沁出了血迹。

“我跟你说过多少遍了？不准你掺和！不准你掺和！宋至肴你怎么就不长记性？

“怎么，真不想穿那身制服了？

“不想穿了你趁早跟我说，我立马就给你批退伍，你趁早给老子滚蛋！

“挺能耐啊，还找姓乔的给你当卧底汇报案情是不是？

“查啊！汪绍远人呢？抓到没？

“连个影子都没看见，现在倒好，还把自己搭了进去，涉嫌洗钱，你多厉害啊宋至肴？

“报仇报仇！这么多年过去了，你脑子除了这个还有别的吗？合着我把你养这么大，就是为了让你去报仇？你就不能安分点儿，忘了过去，好好活一辈子就有那么难吗？”

“那您呢？”宋至肴终于沉声反问，“这么多年过去了，您忘了吗？”

陈川嘴唇颤动，一言不发地瞪他。

“陈叔，”他难得这么冷静地跟陈川说起这件事，“他犯罪是事实。十几年前，他就组织拐卖了儿童48名，除了我爸妈以外，他手上还沾过多少人的血？这不管过多少年，都不可能抵消。

“对就是对，错就是错，这些是过不去的，陈叔。

“没错，我这十几年来每天晚上都睡不着觉，我每晚都会梦见我爸妈被他一刀一刀杀害致死的场面，我豁出命去都巴不得把那姓汪的弄死。

“但陈叔，我不是只为了泄愤，那王八羔子在外面多活一天，就可能会多一个家庭被毁掉，多一个宋义和冯萧婧惨遭毒手。

“您这些年睡得安稳吗？您不也一样时时刻刻都在担心他哪天再回来找我报复吗？

“说实话，我也挺怕。怕他哪天突然出现，丧心病狂拿我身边任何人开刀报复，老冯、舅妈、徐子启……”

他想到那晚的梦境。

“程舒窈、您，甚至路上跟我搭话的过路人。

“他一天不抓回来，我就多一天要提心吊胆，怕他卷土重来，怕在我们看不见的地方，再出现一个‘7·14’特大儿童拐卖案。”

老陈一句话不说，坐在座位前闷声抽烟。

等宋至肴说完良久，他才抬头，按灭烟蒂：“小兔崽子跟我搁这儿讲大道理？”

他不耐烦地赶人：“走走走！”

这就是妥协了。

宋至肴老老实实地敬了个礼，扭头往外走。

因为郑乐成名下资金流入爱信的事情，徐子启也不得不被带来经侦队“一日游”。

但这事儿徐子启压根儿就没弄明白。

回去以后，他看见宋至肴就立马起身过来：“怎么个情况啊，郑乐成他……”

“参与洗钱案，”宋至肴倒了杯水，仰坐在沙发上，把个中情况在脑子里过了一遍，“之前他说要跟你合作，然后打过去的那笔定金就是赃款。”

“啊？”

越是这样，就越证明汪绍远确实还活着，而且还一直躲在暗处操作所有事情。

这个老狐狸没准儿早就察觉宋至肴查到他头上了，所以从刘每被抓之后，他就进入了警惕状态，郑乐成就是他随手捻来的一颗棋子。

现在正是风口浪尖，他估计筹谋着把手里见不得光的交易都迅速甩出去，变成干净的钱，好方便他挪地方避风头。

郑乐成这条路若是通了，就让郑乐成接替刘每，借郑乐成的手在短时间内做完生意，若是不通，就把郑乐成推出去替自己“挡枪”。

从郑乐成找上宋至肴说合作，再到后面宋至肴去医院，包括郑妈妈的转院乌龙，都是故意做给宋至肴看的，再到最后反手一推，一笔资金入账，把他们拉下水搞点麻烦出来。

徐子启听宋至肴把事情的来龙去脉说了一遍之后，不由得破口大骂，然后愤愤道：“他之前跟我说合作这件事，他不好意思先找我，就厚着脸皮先找你这个中间人聊，说你觉得也挺好，答应会帮忙找我沟通这件事。

“正好你那天早上不是来找过我吗？吞吞吐吐地没说出个正事儿，又问什么我跟宁宁的进展，我就以为你其实是想劝我不计前嫌跟郑乐成合作，扩展公司项目，我还以为是你谈恋爱之后变得重人情了。”

宋至肴想到那天徐子启发给自己的微信消息，当时以为那纯属是徐子启在调侃自己跟程舒窈的事情。

徐子启越想越觉得心里梗得不行，一向好脾气的他难得暴躁地发了一大通火，对着空气把郑乐成骂了个狗血淋头，觉得自己以前那点儿好心都喂了狗，恨不得现在就冲过去把人暴打一顿。

因为要配合警方接受调查，宋至肴和徐子启近期内都不能离开当地，并且要保证 24 小时联络顺畅。

按程序问过话、签完字以后，两人分别，宋至肴回到家已经很晚了。

看到客厅餐桌上准备的菜和生日蛋糕，他才后知后觉地想起今天是自己的生日。

汪绍远真是送了自己好大一份礼物。

还挺嘲讽。

宋至肴扯扯嘴角，有些烦躁地捏着眉心，把外套随手丢在玄关处。

沙发上的人已经睡着了，怀里还抱着她的怪兽抱枕，脑袋歪倒在一边，嘴巴微微张开，头发蹭得有些散乱。

毫无睡相。

他看着有些好笑，又有点心软，就势在沙发边蹲下身，抓了条毯子覆在她身上，然后伸手轻轻捏了捏她的脸。

程舒窈没睡熟，在光线被人挡住，察觉到眼前有阴影落下的时候，她就已经稍稍醒过来了一些。

这会儿被他这么一捏，意识又回笼了几分。

片刻后，她迷迷糊糊地睁开眼睛，就看见蹲在自己面前的宋至肴。

“舅舅、舅妈没等到你，他们就先回去了。”

她眯着眼睛，胡乱揉揉鼻尖，然后打着哈欠从沙发上坐直身体。

“礼物给你放在房间了，我怕他们担心，就说你被徐子启拉出去过生日了，要晚点才能回来。”

宋至肴点头，起身坐在她身边的沙发空位上，“嗯”了一声。

今天的事情程舒窈知道一点，岑路那阵儿不放心，发微信跟她说了几句，但她也听得出来，都是些避重就轻的内容，没说得太具体。

她这会儿清醒了些，歪着头去看他，故意插科打诨般换上轻松的语调：“听说你今天被训了？还在生气啊？”

她刚睡醒，支着身子爬起来时，脸侧还有一条浅红色的压痕。

宋至肴的目光落在她脸侧，看着有点失神。

“啧，”她自顾自地起身，把蛋糕拿过来放在茶几上，笑嘻嘻地问，“听岑路吹牛说你以前特厉害，没想到你也会违规啊？饭菜有点凉啦，要不先吃蛋糕？也是我自己做的。”

他不说话，气氛就显得有点冷，于是程舒窈就不停地问：“宋至肴，要不你跟我聊聊以前的事情？”

他掀起眼皮看她，终于有了点儿反应：“聊什么？”

“就聊……”她转着眼睛想了想，“聊你怎么违规的。”

她抱着抱枕重新在他身边坐下来，一副要促膝长谈、听八卦的样子：“让我猜猜，你是不是谈恋爱来着？我听说部队上不允许谈恋爱，你是不是看上哪个姑娘了，没事拉拉小手什么的，然后被领导发现了，大骂一顿，让你回来好好反省反省？

“然后再请个家长？写个两千字检讨？等周一的时候站在国旗下念？”

他有点被气笑了，戳她脑袋：“你上哪儿听的这些破规定？”

程舒窈恍然：“没有啊？”

“没有。”

她把生日蜡烛逐一点亮，头上的顶灯也啪地关掉，一片朦胧里，两人只看得见面前的蛋糕和彼此。

她把脑袋凑到他面前，笑着问：“那你想吗？”

烛光荧荧，女孩子坐在他身边，探过来一只毛茸茸的小脑袋，眉眼弯弯。

两个人距离很近，宋至肴感觉自己鼻尖都萦绕着她头发上的香味。

她笑着问他：“你想吗？”

他下意识抬眼看她：“嗯？”

“想谈个恋爱吗？”她继续道，“跟我这样儿的。”

这无异于告白了。

虽然是临时起意，脑子一热就这么问出来的，但程舒窈也想得很明白——

她喜欢他，他对自己也不是毫无感觉。

那不如确定下关系？

她也想让他知道，不管过去、现在发生了什么事儿，或者未来还会发生什么事儿，他都不必再一个人死扛着。

他也是有人陪着的。

宋至肴有些怔怔地看着她。

这种感觉……怎么形容呢?

就像夏天最热的时候，冰可乐突然被打开，“刺啦”一声，气泡骤起，瓶壁还冒着凉气。

他的胸口像是突然被什么东西灌满了似的，胀鼓鼓的。

他反应过来，揉了把她的脑袋，低头笑了下：“程舒窈，你……”

话音未落，他的手机振动，亮起的屏幕上弹进来个未知归属地的陌生号码，短信内容只有一句话：

【小孩，今天好玩吗？】

他脸上血色尽失，但很快收起手机，没让程舒窈瞥见屏幕。

手机一振，紧接着又进来一条新消息。

是一条彩信。

照片里是上次他和程舒窈去超市买菜的场景。

电话响起，那边笑着问：“还想查下去吗？”

心里那点儿怒火噌地被引燃，可随即而来的是铺天盖地的挫败和恐慌，他的胸口像是忽然被人豁了一道口子，空空荡荡，四面灌风。

他用力握着手机，指节发白，面上却一点儿多余的表情都没有，然后他低头看向面前的人。

“快十二点了，你不回去？”

Chapter 08
最后收网

/ 宋至肴，你很厉害，你抓到他了 /

1

“所以意思就是，深更半夜，你爬进了一个男人的屋子，跟他激情告白，然后对方让你早点睡？”

周呈韫坐在沙发上噼里啪啦地敲着键盘赶作业，时不时转两下手里的笔，在纸上涂涂改改。

自从上次和许清看完巡演之后，两人的关系拉近了不少，他也一鼓作气开始洗心革面，放弃了毫无准备的创业打算，重新开始正儿八经地搞学习。

立志为爱做学霸。

听完程舒窈的话，他不可思议地瞪大了眼睛，连吃到一半的火龙果都掉了。

“这不是有毛病吗？”周呈韫愤愤道，“姐，你也别沮丧，我跟你说，这人指不定这儿有点毛病！”

他指指自己的脑袋。

“像我姐这样的，追求者得用火车拉，他居然还无动于衷让你早点儿睡？！就这样脑子有问题的，咱还不能要呢！”

“没说让我早点睡，就是说到十二点了而已。”

程舒窈说着，把水果放到他面前的桌上。

“那不就是‘不早了，让你洗洗睡吧’的意思？”

周呈韫嘀咕着，看见程舒窈的表情后，又默默地闭上了嘴巴。

过了一会儿，看程舒窈还是一脸闷闷不乐的样子，他又摸摸鼻子，转身从自己书包里掏出一个新买的女包：“好啦，多大点儿事儿？男人算什么东西，弟弟才是真爱，这个送你。”

程舒窈毫不客气地收下，往他脑门儿上弹了弹：“别以为我不知道这东西不是买给我的。”

周小少爷洗心革面之后，整个儿就一大好青年。

平时老老实实上课，积极学习，大有要冲专业第一、拿奖学金的架势，周末就去她店里做兼职，攒了钱就给许清送各种大大小小的礼物。

但许清怎么可能收他一个小毛孩的东西？只嘱咐他好好学习。

于是，周呈韫就只好又把礼物转手送给程舒窈，让她白白捡了不少便宜。

“嗐，不管是买给谁的，最后都到了你手里不就行了？”

想到这里，他也挺挫败，丢掉手里的笔，双手交错垫在脑后，仰头靠坐在沙发上，长长地叹了口气：“同是天涯沦落人啊！不过也没事儿，你看看我，百折不挠，坚持不懈，坚定不移，坚……”

“差不多行了。”程舒窈递过去一记白眼。

“反正就是这么个意思，”周呈韫挠头嘿嘿一笑，“不都说好女怕缠郎吗？你也不用太难受了，要真喜欢，就像我一样继续出击，我姐，宇宙第一绝世美女，哪个男人扛得住？”

程舒窈还在想事情，脑袋在桌上一磕一磕的，头也没抬，幽幽道：“像你一样，屡战屡败，然后再屡败屡战？”

太扎心了，要不还是把包要回来吧。

汪绍远的事情，像是陷入了个死局。

他身处暗处，而且对宋至肴的行踪了如指掌。

宋至肴要是再前进一步，就怕他会狗急跳墙真的做出什么事情；但后退一步，等汪绍远完成手头的事情，再次潜逃，下一次还有没有能抓得到人的机会就难说了。

至于打电话给宋至肴的那个号码，既然他敢这么明目张胆，大概率是查不出什么东西的。

宋至肴没睡着觉，跟乔柏连着语音，在阳台上抽了半晚上的烟。

一大早起来，他拎了外套就往外走。

乔柏在那边犹疑地问：“不是我说，宋至肴，为了这个，真没必要！

“你都等了十几年了，还差这么几天工夫？

“不说你自己，就姓汪的身上背着人命这事儿，我们就不可能放过他，队里这么多人，全都在想办法查，这次肯定能把人揪出来。”

“但你也知道，”宋至肴一只手拿着电话，一只手穿着外套，语气冷淡地说，“这次要再失手，可能直到他死，我们都没有机会再抓到他了。”

他想到昨晚的短信，眼神暗下去：“而且……”

他推门出去，迎面撞上对面站在门口的两个人。

视线短暂交会。

程舒窈一下子就想到昨晚的事情，有点尴尬又怄气，率先移开目光，装作没看见他，继续转过头笑着跟身边的人讲话：“是吗？早知道就让你教我了，哈哈哈！”

“对啊，我也是没想到能在这里遇到你。”

她旁边的男人穿着白衬衫西装裤，比她高一个头，绅士地伸手替她拎包，顺便回头把门关上，也笑得热情。

“师父以前就总跟我提起你，但是我一直没有机会回国，也就没有跟你见过面。这次回来，想说先把国内驾照考了方便一些，结果竟然碰上了你，也确实是很巧。第一次跟小师妹碰上，你本人比师父给我看的照片里还要可爱。”

这次是科目三考试。

江佟原本是在另一个教练手里学车的，因为对方有事，于是这两天把他托付给了冯戎一起安排考试。

他有专门的司机，因为顺路，冯戎就让他顺便把程舒窈捎上一起过来，碰了面两人才发现是以前一起学厨的同门师兄妹。

江佟很热情又健谈。

程舒窈满脑子都是身后的宋至肴，有点心不在焉，但越是这样，她就越是表现出很开心的样子。

“是吗！哈哈！”

笑得很虚伪。

宋至肴看着两个人有说有笑的背影，轻嗤了一声，但心里还是有点不舒服。

他刚才说到一半的话，也在看见她的瞬间立马咽了回去，任凭电话那头的人茫然地“喂”了几句，只草草应道：“见面再说。”

然后挂了电话。

“程舒窈。”他的目光落在男人伸手去揉她脑袋的动作上，突然出声。

两个人同时停住回头。

“干什么？”程舒窈装作不耐烦地问道。

但她已经脑补好了他为昨晚的事情道歉，然后哭天抢地地跑过来跪着认错，而她正在考虑要不要原谅他的画面。

然后就见宋至肴看了眼她身边的男人，面无表情地问道：“你几天没洗头了？”

有病?

宋至肴，我跟你势不两立!

她默默咬牙，瞪着他。

江佟顿在半空中的手僵了又僵，看看他，又看看程舒窈，然后轻不可察地笑了笑，默默放下手：“那我先下去等你？”

程舒窈应该是被气傻了，脑子一抽，下意识地补了句：“我洗了头的。”

随即，她反应过来，尴尬地低头直挠鼻尖，停顿片刻后，她也没再搭理宋至肴，转身追上江佟就往外走。

宋至肴听着有点想笑，想到昨天晚上自己说的那狗屁话，又笑不出来了，他又喊道：“程舒窈。”

再给最后一次认错的机会吧，程舒窈停住脚步，回头瞪他。

“给你。”

他往前两步，从衣兜里掏出一个盒子，打开是手表。

一黑一白，表盘闪烁着金属质地的光泽。

造型有点奇特。

她接过来，抬头看他，小声道：“什么意思？算补偿还是算道歉啊？”

“那个白衬衫，”宋至肴没回答她的问题，用眼尾瞥向电梯内等着的人，上下打量了一番，难得温声评价，“也挺好。”

程舒窈更气了。

你拒绝我就算了，怎么还要搞包办婚姻？

宋至肴看着她的表情，笑了下，低头握住她的手腕，略微强硬地掰开其中一块手表给她戴上：“别摘下来。”

“宋……”

程舒窈刚想说话，他忽然俯身用力抱住她，似乎很艰难地犹豫了下，到了嘴边的话最后还是临时改了口，低沉的声音落在她耳边：“但他还配不上。”

她联系前后话，脑子里嗡地炸开，但还没来得及反应，他已经很快松开她。

另一侧货梯正好抵达。

宋至肴头也没回，大步走开了。

只剩下程舒窈有些呆愣地站在原地。

江佟再次喊她："小师妹！"

"嗯？"

"电梯到了，走啊。"

"来了。"

她抬脚跟上去，心里却有什么念头一闪而过。

"徐子启，"宋至肴一边发动车子，一边看着在他前面离开的汽车，目光沉静，"帮我个忙。"

下午三点，一则当地新闻大热。

宋至肴持搜捕令带人进入富林广场商业楼，进行大面积扫楼搜查，关于抓捕罪犯汪绍远的消息和其肖像信息被传得满天飞，引起网友对拐卖案在逃嫌犯汪绍远的一片热议。

事情很快就被捅到了上级领导处。

陈川大发雷霆，甚至亲自过来要带宋至肴回去。

两人大吵了一架。

战火一路延续到警局门口，下车的时候，宋至肴情绪上头，红着眼对陈川叫道："我自己去查！"

“老大，这小子疯了啊。”

富林广场商业楼的顶层，黑T恤男气喘吁吁地跑回来，手里平板电脑上是当地的新闻页面。

他忍不住看了眼身后还在戏耍的几个小孩，嘀嘀咕咕道：“本来还想着灯下黑，没想到碰上个疯子！”

说到这里，他又忍不住皱眉愤懑：“不是都已经吓唬过他了吗？

“那家伙还真是没心没肺，命和前途都不要了？不按套路走就算了，还敢把这事儿闹大？！现在全城都知道警察在翻旧案，要抓捕当年的在逃嫌犯了，交通也都封了。

“老大，咱们手上这几个肯定都出手不了了，我们……”

他又看了一眼那几个小孩，苦恼又担心地问：“我们现在带在手里都是烫手山芋，老大，现在怎么办啊？要不这笔生意不做了，咱们跑吧？”

这边前段时间才被宋至肴私下偷偷查过，又是市中心位置，本来想着他应该暂时不会再盯上这里，加上刘每跟郑乐成又刚进去……按照流程，那帮警察还得再审查审查，更何况这事儿正在风口浪尖上，没人会觉得这种时候他们会在市中心冒险交易。

本来想着等手上这一笔弄完了，他们就停手换个地方避避风头。

结果万万没想到碰上个发起疯来就不管不顾的疯子。

男人正不慌不忙地低头翻书，听黑T恤男说完才不急不缓地抬头，他摘下老花镜，直勾勾地看着黑T恤男，笑意沉沉：“怕了？”

“不是，老大，我……”

当然怕了。

刘每入狱出狱再入狱，跟着老大前前后后也有十几年，但还不是说弃就弃了。

随后又是郑乐成。

前前后后只是个跟着老大的小保镖，要真出点儿事，还不得照样被推出去扛事?

“小褚啊，别怕，”男人看穿了他的心思，也只是温和笑笑，拍着他的胳膊，“我这些年拿你当儿子养，以后还指望你给我养老送终呢，更何况……”

男人眯着眼睛看了看膝边流着口水玩泡泡的小孩。

“我们不是还有这保命符吗?”

他又把目光落在屏幕上的某道身影上，笑意不变：“我再了解他们不过了，他不敢。”

被叫作小褚的前前后后摸摸后颈，见老大一副胸有成竹的样子，但还是忍不住抹了把脑门上的汗，一颗心七上八下的，片刻后才道：“好，老大，那我们现在怎么办?”

“现在啊……”

男人把小褚的反应尽收眼底，也不知道透过小褚看到了什么，眼底闪过一丝微不可察的异样情绪，目光有片刻的悠远，很快又恢复那副温温和和的笑脸模样。他从兜里拿出两张身份证：“这些年你跟着我也辛苦了，你去订票，咱们今天就走。”

他把证件放在小褚手心里，微微用力握住，另一只手覆上小褚的手背，轻轻拍拍，似宽慰一样：“放心，机场那边有咱们的人，我已经打点过了，不会有事的。”

小褚略微迟疑地看了他一眼，眼神有些许躲闪，然后收起手，用力点了点头，转身就走。

男人合起手上的书，看着小褚的背影，许久才慢慢收回视线。

他从衣兜里摸出手帕，抱起腿边的小孩放在膝盖上，帮小孩擦着口水，笑眯眯地说："乖，怎么玩这么脏呢？"

小孩睁着铜铃大的眼睛懵懂地看着他，突然闹脾气地嗷嗷叫唤，胡乱伸手朝他脸上呼了一掌。

肉嘟嘟的小胖手，没多大力气，不怎么疼。

但他还是保持着被打了一下的姿势没动，半晌，他眸光沉沉，感叹似的笑了下，像是透过屏幕上的照片看到了什么人似的。

"十六年了，你还敢回来。"

办公室里一片忙碌，穿警服的队友来来往往经过，技术科的同事还在尝试从之前的号码中查出有用的信息。

隔着扇门，两鬓斑白的陈川跟老战友赵彬分坐在办公桌两侧。

面前靠墙站着的是三个罪魁祸首，谁也没说话，只是老老实实站着。

半晌，岑路悄悄地打量了下几个人的神色，挠挠下巴，偷偷回头看了眼外面的人，然后从衣兜里摸出一盒好烟，抖出两根出来分给对面两位老同志，笑得讨好又谄媚："二位，来根儿？别这么严肃啊，今儿这事儿主要责任在我，的确是我们处理不当，太欠考虑了，不该让消息走漏这么快。"

他满脸堆笑地去给赵彬点烟，后者一脸不耐烦地推开。他又转头去给陈川点：“但这不是情况特殊吗，这都多少年了，好不容易抓着那人渣一尾巴尖儿，不得顺势把这人给揪出来？现在交通都封了，他跑不出去，铁定得着急。”

打火机“吧嗒”一声响，细微的火焰升起。

陈川沉沉地叹了口气，又看了宋至肴一眼，然后收回视线，偏过头就着他的手点燃烟，眯着眼睛用力嘬了口。

岑路说道：“您说是吧？等这事儿完了，人一抓到，该背的处分、该写的检讨，我们绝对老老实实接着。”

他保证完，又跟身后两位递了个眼神。

宋至肴沉默片刻，也点了头。

“陈叔，今天的事情我做得确实过了。但一直这么僵着也不是个办法，汪绍远还能有几个十年？他这几年就在我们眼皮子底下做那些不入流的交易，那些收入都从哪里来？他手下有没有另一个‘7·14’团伙？”

顿了顿，宋至肴敛眸，嘴角微动：“我这些年记恨他，他也一样记恨当年将他的同伴一网打尽的宋义和冯萧婧，现在刘每和郑乐成相继被抓已经刺激到他了，如果第二个宋义出现，十几年前的历史重演，他会跟我一样恼羞成怒，气急败坏。

“我没想放过他，他也同样想把我除掉，只有打破眼下这个僵局，我们才有机会抓到他。”

手里的烟燃到尽头，老陈才缓缓抬头，直勾勾地看着宋至肴：“这也只是你的推测和预想，这么多年过去了，你怎么就确定他的脾气性格没有改变，一定会露面呢？”

宋至肴不说话了。

“就是，”门口二队的人进来，倚着门框斜眼往里面看，嗤笑了声，“不是我说啊，这事儿跟你们有什么关系，手怎么就伸这么长？”

岑路跟人对着杠习惯了，扭头就要怼两句，但是被宋至肴拽住了。

倒是老赵随手顺了桌上的笔帽丢过去。

二队小吴敏捷躲过，顺便伸手接住笔帽，看看老赵，再看看屋内几个人，嘿嘿一笑：“走了走了。”

宋至肴看向陈川，坚定地说：“我不确定，但不试试，就连这个可能性都没有。”

话音刚落，有人从外面火急火燎地跑进来，一嗓子号得倍儿亮：“队长！那个汪绍远……”

所有人瞬间提了口气，齐刷刷抬眼看过去。

小男生吞了吞口水：“我们没查到。

“但是……我们刚刚发现，培训中心有两名老师临时买了飞A国的机票，就……在今天下午四点半！”

“你结巴啊？跟谁学的说话大喘气？”岑路看了眼时间，气得拍了一下他的脑袋，又转头看向宋至肴，“我就说这培训机构有问题，你上次是不是就在那儿见到的汪绍远？刘每联系上下线也都在这片儿，上就完事儿了！”

说着，他跟赵彬递了个眼神，见后者没说话，他立马招呼人往外走：“联系机场那边把人拦下，小武，带上人跟我去机场！”

2

岑路激动得不行，一腔热血上头，带了人就往外冲。

宋至肴觉得这事儿不对，但机场总归还是要去一趟。

他还没来得及多说话，上车后，岑路一脚油门儿就冲了出去。

结果毫不意外地扑了个空。

被拦下的是两个培训班的老师，褚杰和王韶沅，一男一女。

见警察过来的时候，两个人还紧紧地牵着手。

女人恐慌不已，脸色惨白，声音里都染着哭腔，一直抓着褚杰说：“你不是说打点好了的吗？”

褚杰则铁青着脸，半晌后颓然道：“他骗我！”

“谁骗你？”岑路趁势逼问。

“汪绍远……就是余元召，”褚杰又哭又笑，像是想明白了什么似的，崩溃地大喊道，“什么打点好的，他根本就没想走！他骗我，他是故意利用我的，让我把警察吸引过来……”

他脸色难看，两手胡乱抓着头发，弯着腰后退：“他就是那个人贩子，他这几年一直利用培训班，私下联系那些想要小孩的人，然后从乡下搞来……对，就是这样，他还想把手里最后一批货交出去……就是小孩，所以故意利用我来转移你们的注意力，争取时间。”

他情绪失控，叽里哇啦说了一大堆。

“我坦白了，我知道的都告诉你们了，我能不能争取宽大处理？”

“他现在在哪儿？”岑路拎着人问。

“我不知道，我真的不知道，他跟我说要一起走的，让我买最近的航班，他会赶过来跟我一起。”

宋至肴看了他身边的女人一眼。

“我不想跟他一起了，我害怕，我不想再过这种提心吊胆的日子了，”褚杰捂脸大哭道，“警官，你也看到了，我是想跟我女朋友一起走的，我们打算重新开始，我真的不是坏人，我跟着他也是没有办法，想混口饭吃。”

岑路吼道：“你跟了汪绍远这么久，你能不知道他在哪儿？”

“我真不知道，”褚杰跪坐在地上，声泪俱下地说，“我真不知道，我就是个跑腿的。”

他扯着嗓子哀号，说到一半，突然想到什么，胡乱擦了把鼻涕：“对，我想起来了。”

他从衣兜里摸出手机：“宋至肴……你们谁是宋至肴？”

宋至肴心里一惊，皱眉往前走了两步，冷冷地看着他。

“他本来……”褚杰颤抖着手，摸索着点开手机屏幕，翻出一则视频，把屏幕往他面前递，“他本来让我换了登机牌以后，把这个视频发给你的。”

宋至肴伸手接过来。

点开播放键的一瞬间，他的脸色瞬间冷了下来。

岑路见状，凑过来看。

视频不长，是用手机的后置摄像头录的，录的人像是在走路，镜头有些晃动，但周遭的场景宋至肴十分眼熟。

画面中央是一条笔直的大马路，两侧树木葱郁，镜头扫过旁边的时候，露出蓝色的标牌——

科目三道路考试二号线起点。

岑路略一联想，忍不住爆了句粗口。

话音未落，电话声适时响起，宋至肴接起来。

“小孩，好久不见，”对方依然笑得温温和和，“没想到你脾气见长，不怎么听话了。怎么样，送你的这个礼物还满意吗？”

“汪绍远，”宋至肴冷笑，“你真觉得你跑得掉？”

“我可从来没跑，”那边的笑声断了几秒，闪过小孩模糊的哭声，又很快恢复了安静，他笑着道，“我都在这儿等了你十几年了。不过你也知道，我们坏人呢，都没什么耐心，所以你最好快点，不然礼物收不到了，等会儿你可别哭。”

电话挂断，只剩“嘟嘟嘟”的回音。

“这浑蛋玩谁呢？”

岑路气得骂骂咧咧，拎着手上的两个人一把推搡着丢给身后的同事，嘱咐同事带人回队里，然后拿着车钥匙问宋至肴：“你知道那地方在哪儿吗？我今儿非得弄死这浑蛋！”

宋至肴率先大步往外走，整个人浑身上下散发着阴沉的戾气，他一边打电话，一边低头看向手腕上那块黑色的手表，然后按下左侧按钮，表盘背景上的小红点正在很慢很慢地移动。

电话连着打了几个，却都无人接听。

他脑子里千头万绪闪过，忽然抓住什么念头。

打电话的动作没停，他腾出只手来抢过岑路的手机，打开地图，往上滑动，然后眼睛一亮。

他蓦地挂断电话，把手机还给岑路，然后从岑路手里接过车钥匙，推了岑路一把，冷声嘱咐道：“你现在去漓湾大道，安市科目三第十八考场，能有多快就有多快！排查安全问题！”

岑路用力点头，话还没问出口，宋至肴就已经跳上了车。

“那你去哪儿？”

岑路追了两步喊道，回应他的是一屁股汽车尾气。

宋至肴猛打一把方向盘，油门踩到底，车子像离弦的箭一样猛窜了出去。

与此同时，手腕表盘上一个小红点的移动速度也开始加快。

片刻后，它又猛地停下。

与此同时，漓湾大道，科目三第十八考场路段。

一阵刺耳的刹车声响起。

程舒窈才刚刚直行通过路口，转弯时从对面突然蹿出来一辆失控的出租车。

她下意识一把将方向盘打死，副驾的安全员也吓了一大跳，本能地去踩刹车。

两车堪堪擦着边紧急停下，地上蹭出一道明显的刹车痕迹。

车里两人被安全带拽回座位上，缓了几秒钟他们才回过神来。

安全员怒气冲冲地推开车门，扯着嗓子就吼：“不要命了？前面那么大牌子没看见？这儿考着试呢，什么路段你也敢这么冲进来？活腻了想拉人陪葬吗？来来来，给我下来！”

说着，他招手喊工作人员过来。

出租车司机也吓得一头冷汗，白着张脸训斥身边人：“姑娘，你这是想害死我啊？多急的事儿能比人命重要？”

“对不起，对不起。”

方宓宁脸色也难看得厉害，她手机也找不到了，胡乱从钱包里摸出一沓现金就塞给司机，然后跌跌撞撞从车上下来，跑过来抓住程舒窈就往外拖。

“怎么了？”

“别考了，别考了，”方宓宁从小到大都没经历过这种事情，声音都是颤抖的，“再考下去你会死的。”

她说得磕磕绊绊，只顾着拉着程舒窈跑。

但程舒窈鬼使神差地联想到宋至肴这两天的状态，心里“咯噔”了一下。

“宋至肴让徐子启过来帮忙看着你跟舅舅这边的状况，”方宓宁哭着说，“但是徐子启一进这个路段，车轮就轧到钉子爆胎了，车子撞到护栏，他人还受了点伤，去了医院，可徐子启还是让我过来拦住你，我真的害怕死了。”

她又后怕又委屈，边说边哭：“我连徐子启的伤都还没去看就过来了，呜呜呜，程舒窈你太烦人了，宋至肴也是，呜呜呜……幸亏我知难而退，还好他不是我男朋友，呜呜呜……这都什么时候了，为了抓人连女朋友都不管了，自己不管就算了，还要祸害徐子启，呜呜呜……”

她哭得眼泪鼻涕流了一脸，说话也开始不过脑子，东一句西一句。

程舒窈一时间居然有点哭笑不得，尽管心里乱成一团，但还是先扶着方宓宁往外走。

工作人员还在处理这边的突发情况，没一会儿工夫，岑路开着警车赶了过来，看见程舒窈和方宓宁，他立马跳下车问：“你们还好吗？”

“没事，”程舒窈扶着方宓宁上车，“宋至肴呢？”

“说来话长。”岑路见人完好无损地站在他面前，现场也暂时没出现什么大问题，稍稍松了口气。

他一边指挥同事跟考场人员沟通情况，对现场进行安全排查，一边打电话给宋至肴。等待接通的空当，他跟程舒窈说：“汪绍远露面了，但这孙子不知道在玩什么花花心思，给宋至肴发了段你这边的视频，然后他让我立马过来，他自己开车走了。”

宋至肴的电话迟迟没有接通，他烦躁地拍拍脑袋：“电话打不通，他一个人能去哪儿呢？”

他想到什么，看了一眼程舒窈，轻咳了两声，马上替宋至肴解释：“我们这种情况就是这样，平时也一样，任务比天大，但我哥还是很在意你的，所以他立马就让我先过来看看这边的情况，你别太放在心上啊。”

程舒窈低头，露出临走前宋至肴帮她戴上的手表。

“哎，你知不知道……算了算了，”岑路急坏了，“我昏头了，你刚都没跟我们在一起，怎么知道这些。没事啊，别担心，你先继续给他打电话，我去找技术科的同事帮忙！”

“等一下。”她喊住了岑路。

秋意渐浓，天色暗得比以往早些。

傍晚温度也降低了不少，空气中透着丝丝凉意，有风吹过，树叶哗啦啦地作响。

越往前，风里越是沾染着淡淡的海腥味，远处船舶发出阵阵轰鸣声。

这里原本是别墅开发区，后来因为工程出了问题，就此彻底搁置，成了一片烂尾楼，砖墙斑驳，映着晚上的路灯，显得有些森然。

宋至肴下了车，沿着小路往前走，远远就看见海滩石堆上坐着的人影。

对方不慌不忙地回头，视线相撞，他似乎还轻笑了下，然后扶着手杖直起身来，偏偏头看着宋至肴：“小孩，来了？”

“余老师，”宋至肴也放慢了脚步，手却不动声色地往身后衣兜里摸了摸，面上轻嗤，嘲讽道，“怎么，上年纪了，行动也变慢了？”

“毕竟十几年没见了，这不是想着等等你吗？”汪绍远说。

不远处高高的照明灯亮着，趁着这点儿灯光，宋至肴上下打量他。

五十开外的年纪，穿着黑色运动裤和黄色冲锋衣，两鬓微微斑白，握着根深棕色手杖，脸上总挂着温和的笑意。

身形端正，气质儒雅。

只这么看上去，完全想象不到他做得出组织大规模儿童拐卖，报复警察致死的事情。

更想不到他改名隐藏身份，就待在当地培训班，在警察的眼皮子底下待了十几年。

陈川说得没错。

十几年过去了，怎么知道他的性格脾气没有改变呢？

有些事情的确跟以前不一样了。

换了从前，他还精力满满的时候，他能凭着一腔热血与江湖义气，能在整个组织被捕、自己被通缉的情况下，冒险折回来替兄弟们报仇，然后再壮着胆子在大家眼皮子底下卷土重来。

十几年前，他还豁得出去。

但现在，他五十多岁，人已垂垂老矣，当年那帮弟兄也全都没了。

身边的小年轻们，他没一个信得过。

他没有冒险的勇气和热血了，也没有资本。

他还能有几个十年？

这次要是折了，就彻底没有活路了。

交通封锁，警察追查。

A 国又有引渡条约，即便他真的想逃，也不会往那边去，更何况在现在这种高压环境下，他压根儿没有一丁点儿打点的余地。特意把身份证留给褚杰，是为了利用褚杰转移警方视线，又用考场的人做威胁，都是为了给自己争取时间。

宋至肴突然想起那条科目三考场视频里，右下角的白色地标线。

正式考试前，为了更加精确明显，考场工作人员基本上都会给各个标志线重新刷层漆，冯戎这次还参与了场地刷漆和检查工作。

但视频里的标线还是旧的。

所以这至少证明了这条视频不是汪绍远今天在现场拍的。

宋至肴还想到通话时，在汪绍远短暂停顿的时候，那边传来的导航语音。

经过长浒高速，既不需要身份证件，只要给够钱就能解决的离境方式，只有非法交易。

从这里找蛇头偷渡去H国，从此汪绍远就高枕无忧。

“小孩，”汪绍远看着他走近，依然保持笑意，“你比宋义聪明。”

听到这个名字时，宋至肴脚步微微停顿，牙关紧咬，下颌线绷得笔直。

汪绍远察觉到宋至肴情绪的细微变化，只是笑笑，然后继续道：“他当年啊，仗着自己侦破案件立了大功，少年意气，可得意了。万万没想到我会折回来杀了他。有意思吧？”

“我不好过，那大家就都别想好过，”汪绍远耸耸肩，同宋至肴对视，“啧，宋义死得确实也挺可惜，那么高高大大的一小伙儿，妻子漂亮，儿子乖巧，自己年少有为，受同事尊敬，受领导器重，多好。”

汪绍远每说一句，宋至肴握着的拳头就越紧一分，额上的青筋暴起。

“可他为什么非得招惹我呢？”汪绍远眯着眼睛，像是仔细回忆当时的事情。

“他还是挺男人的！愣是咬牙一声不吭，就跟你现在还挺像，满脸愤怒又隐忍。

“你那姑娘呢？长得挺漂亮，你还真的敢放心……”

“闭嘴！”

宋至肴忍无可忍，攥紧拳头扑上去直接将他揍倒在地。

汪绍远反应也很快，迅速借力翻身，两个人扭打成一团。

但到底汪绍远上了年纪，没两下就落了下风。

宋至肴喘着粗气，眼眶通红，浑身戾气，死死地盯着他，大脑嗡嗡作响，一片空白，像控制不住发泄似的，一拳一拳砸下去。

汪绍远躲避不开，生生又受了几拳，他抹着嘴角，笑道：“怎么，说不得？”

话音刚落，他就被拎着衣领从地上直直拖出去了几米远。

海水翻腾。

宋至肴红着眼睛将人双手反剪，按着脑袋浸进水里。

手下的人出于本能，开始死命挣扎。

宋至肴累积多年的怒气仿佛终于找到了一个出口。

他大口大口喘着气，然后又一把将人拎起来，反手摔在地上。

汪绍远头发全湿，狼狈至极，却突然猛地扑起来，用头撞宋至肴的脑袋，还捶向宋至肴的胃部。

宋至肴不防备往后踉跄了下，紧接着开始新一轮的还击。

“小孩，我当年没能杀了你，留了你们老宋家的种到现在，我确实后悔，所以你今天最好杀了我，”汪绍远满脸是血，语气瘆人，却还是笑着，“不然，宋义当年走过的路，我都会让你再走一遍。”

“咚！”

汪绍远的脑袋猛地被砸到地上，发出沉闷的声响，又混合着汪绍远刺耳的笑声。

宋至肴头脑发蒙，面前不断闪过当年爸妈遇害的惨状，他按着汪绍远的头，动作忽然慢下来，眼睛赤红，伸手往身后衣兜里摸去。

金属的冰冷质感传递到指尖。

汪绍远狰狞地笑着："孬种！"

宋至肴再次被激怒，猛踹汪绍远一脚，抬手——

"宋至肴！"

腰间突然一热，宋至肴被人从身后环住。

"宋至肴，别听他的，别听他的！"

来人扯着嗓子，声音在风里有些模糊，只用力抱着他。

"他是坏人，你别中他的计，他就是想故意激怒你。

"你今天要是没赶过来，他正好就可以逃走了，但是宋至肴，你很厉害，你抓到他了。

"他跑不了了，后半辈子也没希望了，所以他想故意让你失去理智杀了他，杀人是犯法的，宋至肴，他想鱼死网破拉你下水！

"宋至肴，你别听他的！别听他的！"

宋至肴动作顿住，用力闭了闭眼睛，整个人才稍稍恢复理智。

他转过身看着她，笑着低了低头，然后从身后衣兜里拿出一副手铐。

程舒窈愣了下，这才长长地舒了一口气。

他伸手揉揉她的头发，扬扬嘴角，然后俯身给汪绍远拷上手铐。

"你不想知道那几个小孩在哪儿吗？"远处有船舶的鸣笛声响

起时，汪绍远问道。

宋至脊看着他。

“你放了我，”汪绍远继续说，“我反正也不会回来了，从今往后，我们两清，我告诉你那几个小孩在哪儿，你解救人质成功，也算立了功的。”

“你觉得你还有谈判的余地？”

汪绍远没再说话了。

宋至脊转头，看着胸前还挂着考试牌的小姑娘惨白着一张脸，有点心疼地抬手捏了捏，故作轻松地开玩笑道：“看来你科目三又得二战了。”

“你得负全责！”

他胡乱揉了把有些长长的头发，扯扯嘴角，纵容道：“负。”

“那你要不要考虑下……”

程舒窈话说到一半，目光落到他身后，忽然惊呼一声，扯着他的胳膊就往后退开：“小心！”

下一秒，原本宋至脊站的地方轰地燃起半人高的火舌，火势顺着风向和地上的油迹迅速蔓延。

不远处，侧躺在地上的汪绍远开始大笑。

宋至脊皱眉，还没来得及开口，就听到旁边传来一阵小孩的哭喊声。

顺着火势看过去，三五米开外的石堆后面，四个两三岁的小孩被厚厚的毯子裹住捆在了一起，原本应该是用了药睡着了，没什么动静，这会儿火烧过去，小孩相继呛声醒来，扯着嗓子哀号。

其中最大声的一个，就是宋至肴以前见过照片的，刘每妹妹的小孩。

程舒窈下意识就往那边跑去，被宋至肴一把拽了回来，他脱了外套和 T 恤，胡乱在水里浸湿，然后大步跑过去，将几个小孩裹在外套里抱出来。

程舒窈立马去帮忙。

然而不知道什么时候，原本躺在地上的汪绍远挣扎着站了起来，双手举着一把水果刀，冷不防地踉跄扑过来。

宋至肴躲避不及，皱眉闷哼一声，然后推开小孩和程舒窈，反手将人拽住，一脚踹向汪绍远的腿弯。

汪绍远膝盖一软倒下去。

宋至肴捂着后腰，指缝里渗出温热的液体。

警笛声逼近，岑路带人一路跑过来，几个人围上去从宋至肴手里接过汪绍远，将人彻底压制住。

程舒窈一只手颤抖着去拨 120，一只手慌慌张张地去替宋至肴捂伤口，几乎要哭出来，但还是竭力保持冷静跟医院那边汇报地址和伤势状况。

她的头发被风吹得乱糟糟的，衣服上沾了血，快哭了又还努力忍着。

实在有点狼狈。

宋至肴却觉得心里一下软了下来。

“没事了，”他将人揽进怀里，微微俯身，下巴抵在她脑袋上，随即又低头轻轻亲了亲她的额头，用力将人抱住，整个人像彻底放松了一般，“没事了，没事了，程舒窈。”

岑路带人开始处理后续工作，人群三三两两分工之际，最后面的人堆里才小心翼翼地探出一只脑袋：“那个，警官……”

出租车大叔今天莫名被迫经历了两场生死时速，这会儿都还觉得心跳没平缓下来，他一边擦着脑门上的汗，一边小声试探着问道：“我想问问，能不能看在我今天也算帮了忙的分上，到时候跟你们领导说一声，把我今天的那几个违规闯红灯都给取消了？”

大家都是一愣，随即笑开。

Chapter 09
余生的甜

/ 从此以后，天光大亮，往后温柔岁月，
我陪你携手而行 /

“十几年前的‘7·14’特大儿童拐卖案的在逃犯汪绍远终于落网了。

“在此期间，他改名为余元召，制造虚假户籍证件生活在本市，并且创办教育机构和其他金融公司，但实际上该人多次组织经济诈骗以及拐卖儿童活动……”

陈川的怒骂声混杂着电视里主播报道的新闻一起传进了宋至肴的耳朵。

因为这次抓捕活动情况特殊，队里对宋至肴他们的处罚和奖赏也都进行了酌情处理。

但陈川还是那个暴脾气，在得知宋至肴又受伤进了医院后，他连夜赶过来，将人臭骂了一顿。

“陈叔，”宋至肴倚靠在病床上，打断了他的训斥，笑了一下，“我知道错了。”

宋至肴突然这么个态度，倒是把陈川弄得一愣，说到一半的话也突然忘了。

半晌后，陈川才略微有点不自在地挠了挠下巴，移开视线，冷哼了一声：“知道错了就好。”

“嗯，知道了。”

“错哪儿了？”

宋至肴：“……”

程舒窈推门进来，跟陈川打了个招呼。

宋至肴立马“嘶”了一声。

“伤口疼？”

程舒窈紧张地放下手里的水果，过来问他。

陈川一眼看透了他的小把戏，站在床尾抬手就用力往他腿上拍了下：“出息！才回来住了多久，就学会仗着人姑娘了？”

“狗仗人势！”陈川瞪他。

“谁谁谁？”徐子启半边身子都倚在方宓宁身上，单脚蹦跶着进来，“谁仗谁势了？”

“哎呀！你别蹦跶着凑热闹了，等会儿这只脚还没好全，那只脚再扭了。”方宓宁不满地嘀咕。

徐子启“嘿嘿”一笑：“我这不是有好事儿急着跟大家分享吗？”

“下个月四号，我，徐子启，就要正式结束初恋，合法转正，喜提国家级证书了！大家走过路过不要错过啊！”

方宓宁红着脸嗔道：“你声音再大点儿，整栋楼的人就都可以听见了，要我给你拿个音响吗？”

“哎，”徐子启一副恍然大悟的样子，“你说得有道理，可以吗？可以吗？”

方宓宁不想搭理他了。

“嘚瑟！”陈川冷嗤了一声。

“哎，你们刚说谁什么呢，”徐子启还是有些怵陈川的，见状立马转移了话题，“我都没听着。”

“说你，”陈川接话，“狗仗人势。”

徐子启：“……”

程舒窈和宋至肴对视一眼，双双笑开。

“行了，”陈川看不惯几个年轻人这副样子，扭过头把水杯递给程舒窈，然后看向宋至肴，“自己好好养着，我走了。”

说完，他就要往门口走。

“陈叔。”

宋至肴收起笑意，喊住他。

“有屁就放！”陈川没好气道。

“对不起，”宋至肴难得很认真地跟他说话，又笑了下，“也特谢谢您，以前是我脾气冲，不懂事，做了很多不负责任的事儿，这些年没少给您添麻烦，这次我真知道错了，以后不会了。”

陈川平时就是嘴上严厉，这会儿看到宋至肴真的突然这么放软语气，他还怪不习惯的。

他就站在门边上，听宋至肴说完，才回头看了一眼，然后不好意思地摸摸下巴：“早日归队！我走了！”

说完，他大步向外走去，挥了挥手。

这边陈川前脚刚走，后脚舅舅、舅妈，连带着乔柏、岑路他们都一起过来了。

病房里又热闹起来了。

“哇，那你是不知道我哥当时有多帅！”岑路吹起牛来是真的兴奋，他手舞足蹈地说，“后边是滔天火海，前边是穷凶极恶的歹徒，左边是嗷嗷待哺的小孩，右边是身娇体弱的仙女，我哥是左手一抱，右手一揽，一个回旋踢加锁喉，打得那孙子是喵喵叫啊！”

大家被他手舞足蹈、上蹿下跳的架势逗笑，唐砚给他递了杯水，乔柏紧接着就往他杯子里丢了枚硬币。

岑路愣了愣，不满地说：“我这讲我哥的光荣事迹呢，你当我说书的还是街头卖艺的？还给硬币……你这好歹给张红票子啊？”

乔柏淡淡地说：“凡事先问自己配不配。”

岑路翻了个白眼：“打一架吧！”

“君子动手不动口，”冯戎同志扛着他的麻将包进来，“来来来，打一个打一个！”

舅妈：“咳咳。”

“老婆您先请，嘿嘿嘿。”

“舅甥俩没一个省心的！”舅妈睨了冯戎一眼，然后把手上拎着的饭盒打开，递给宋至肴和程舒窈，“打什么打，饭都不好好吃，怎么养伤？”

宋至肴笑笑：“谢谢舅妈。”

程舒窈也跟着说：“谢谢舅……”

她突然有点害羞，上次去舅舅家是去给宋至肴帮忙的，所以她才顺嘴就喊了舅妈，如今两个人已经不是单纯的合作关系，她反而有点喊不出口了。

“舅妈舅妈舅妈，这喊不出来是有原因的，舅妈你连改口费都没给人家啊！”

“就是！”

“哈哈哈……”

“不是，”程舒窈本就有点脸热，现在被这么一起哄，更加喊不出来了，她无奈地搓了搓脸，“舅……”

“姐？姐！”程舒窈刚要喊出来，周呈韫人未至，声先到，“姐！我来看你跟姐……”

他下意识想像平时一样调侃程舒窈，故意喊“姐夫”，但想到宋至肴那天晚上的“早点睡”式拒绝，心里就有点不舒服，再加上这次程舒窈还差点儿因为他受伤……

周呈韫心里就更气了。

“我来看看你！”他改口道，然后又回头去拉身后的人，“进来啊，妈！不是你要来看姐的吗？站门口不进来像什么样子？！哎，没事，进来啊！”

他拉拉扯扯了半天，才把老妈拉进来。

周呈韫接过她手里的水果，周爸也跟着走了进来，依然是一副温和绅士的商人形象。

周爸笑着跟大家打完招呼，看看妻子，又看看程舒窈，笑笑说：“你妈妈不放心，就说也一起过来看看。”

程舒窈点头："嗯。"

程妈妈这才上下打量了她一番："你都多大的人了，做什么事情心里也没点儿数，你一个小姑娘家，万一磕磕碰碰真伤着了怎么办？"

程舒窈没说话。

"阿姨，是我的错。"

宋至肴赶紧把问题往自己身上揽，他轻轻捏了捏程舒窈的手心，用眼神指了指旁边的杯子。

程舒窈这才想着拿起来，倒了杯水给妈妈递过去。

"因为当时情况比较特殊，是我没顾好她，"宋至肴说，"您放心，不会有下次了。"

程妈妈点点头，目光还落在程舒窈身上。

后者察觉到她的视线，起身跟着她往外走。

"舒窈，"母女俩在病房外静默片刻后，程妈妈才轻轻叹了口气，"你是真打算这辈子都不跟妈妈联系了吗？"

"妈，我没有这么说。"

"我这段时间也想了想，舒窈，没有哪个妈妈不盼着自己孩子好。我知道，过去那些年是我亏待了你，这我不能否认，没做好就是没做好。

"但这几年我也是真的想补偿你，帮你参考专业也好，给你安排工作也好，说到底我不也都是为了你以后能过得好一点？

"你觉得做那个不开心不快乐，就算了。

"以后我也不会过多干预你的生活，但有一点，你要把自己照顾好，不要再出现像这次一样的事情了，你知道这有多吓人吗？”

“知道了。”程舒窈点头。

宋至肴的伤其实不是很严重，病房里热热闹闹了一整天，等到傍晚的时候，大家才先后离开。这会儿病房里就只剩下他和程舒窈。

“过来。”他朝程舒窈招手。

“怎么了？”程舒窈叼着棒棒糖，把手里刚整理好的水果盘放好，朝床边走去。

宋至肴往另一侧挪了些，空出半边床位：“陪我躺会儿。”

“这……不好吧？”程舒窈心虚地看了看门口，又看向窗外，“天还没黑呢。”

“怎么，你打算等天黑对我做什么吗？”

“……”

“躺会儿，聊聊。”

“好吧。”

她想着要不要锁一下房门，又觉得锁上反倒显得奇奇怪怪，于是索性理直气壮地在他身边躺下来。

他微微倾身，伸手将人往怀里揽了些，抱住。

“你抱我干什么？”程舒窈有些脸热。

“因为想亲你，”宋至肴低头看她，要笑不笑地说，“但我知道你会害羞，所以就退而求其次。”

这下她脸是真的红了，她悄悄往门口看了一眼，见没有人经过，才偏过头在他下巴亲了一小口。

宋至肴笑了笑：“你心情好点了？”

程舒窈不说话，过了会儿，她才慢慢地小声说：“其实我也没有心情不好。

“过去的事情都过去了，再提也没有意义，而且没有她我不也一样健康平安地长这么大了吗?

“我就是一时半会儿有点不知道该怎么面对她。

“以前我太想得到她的认可，太想拉近跟她的关系了，所以才听从她的安排，我也理解她是为了我好，但她的方式不对，所以我一直没有觉得自己是被爱着的。

“等到现在我不去想这些了，她又折回来跟我强调说她想要弥补，想要对我好，我就有一点点茫然，不知道该怎么跟她正常相处。”

他听她絮絮叨叨讲着，时不时地“嗯”一声：“其实，你也不用勉强自己在短时间内一下子跟妈妈恢复正常亲密的母女关系，往后的日子还长，你们可以一步一步来。”

“嗯，”程舒窈扭头，“那你，要不要跟我聊聊你爸妈的事情？”

“他们啊，”宋至肴换了个姿势躺着，眯着眼睛想了想，“最深的印象就只有一个字——忙。

“之后那些年里，我记得最深的就是他们遇害的那天了。”

“那时我被我妈情急之下堵住嘴巴锁在了卫生间里，”说到这里，他又忍不住习惯性伸手捻了根烟咬在嘴里，然后眯着眼睛，“我只能透着门下边很小很小的缝隙，眼睁睁看着他们遇害。

“我出不去，也不敢出声。

“后来很长一段时间，我都特懊恼我当时没有出去，一度觉得就算当时一起死了，也好过只剩下我一个人活在这世界上。”

说到这里，他低头自嘲一笑。

“不对，”程舒窈打断他的话，接着道，“你那时候也不过十岁左右，就算出去了，也帮不上任何忙，只白白送一条命。

“你只有好好活着，活在阳光之下，光芒万丈，才是对那些人最大的惩罚，你也只有好好活下去，才能有惩恶扬善的机会。

“人除了以前，还有现在，有未来，我们还要继续往前走的。”

“程舒窈，其实这次才只是开始，”他看着她，“我虽然跟阿姨保证了没有下次，但是如果你真的跟我在一起，往后还可能会遇到无数次类似这样的危险，而且不是每次我都可能这么幸运捡回来一条命。

“甚至，不管重来多少次，在危急关头，我可能都会选择以大局利益为重。

“我知道这对你不公平，但这是我的职责和义务所在，所以，喜欢我其实是件很辛苦的事情，比起花前月下，我，甚至我们丢了性命的可能性更大，你要想清楚，你怕不怕？”

程舒窈认真地说：“死……谁不怕？所以我们要一起好好活着，你别忘了，我这次可是救了你，你还欠我一条命呢！”

宋至肴听着，蓦地笑出声：“成，欠你一条命。”

“那我救了你一条命，你都不想说点什么吗？”程舒窈别过头去看他，眼睛晶亮。

“谢谢你救我一条命？”

“谢个屁！你应该说本公子无以为报，唯有以身相许。”

两个人对视片刻，然后双双笑了起来。

她笑着笑着，忽然停下来，盯着他手里的烟蒂："吸烟有害健康。"

话题跳转太快，宋至肴微微扬眉，从善如流地把烟头拿开很远。程舒窈从他手里接过来，直接丢进垃圾桶里，然后看着他的眼睛，俯身前倾，低头吻了下去。

"甜吗？"

她撑着手臂直起身来，继续叼着自己的棒棒糖，笑着看他。

他眸色微暗。

"宋至肴，"她距离他很近，温声说，"那些不好的事情都过去了，以后剩下的都是甜的。

"我很怕死，所以我们都要好好活着。"

过去不为人知的黑暗通通结束。

从此以后，天光大亮，往后温柔岁月，我陪你携手而行。

番外

/ 把以后的一辈子赔给你 /

1

宋至肴嘴巴很毒，又很耿直。

这是程舒窈一直知道的。

反正是自己眼瞎看上的人，凑合过吧，还能分咋的？！

谁让她是个善良可爱温柔耐心的绝世小仙女呢！

但是这并不包括在她历尽千辛万苦，好不容易拿到驾照，最需要夸奖和彩虹屁吹捧的时候，家里某个直男先把车钥匙藏了起来。

程舒窈很生气：“你瞧不起谁呢？！”

宋至肴一边晾衣服，一边随口道：“保护广大人民的生命安全，是我的职责。”

听听，这说的是人话吗！

“我通过考试了的！”

她气得直接撒腿扑过去，宋至肴放下手里的衣架，顺手一把将人捞住。

于是，程舒窈便得逞得像个树袋熊一样挂在他身上，用两只手去捏他的脸："亲自！我亲自考过的！"

宋至肴不置可否："下来。"

"我不！除非你把钥匙还我！"

程舒窈总算拿到小本本，早想上路去兜兜风的。

更何况，她早上还跟新主厨武小狄放了大话，说晚上要让他见识见识她程·秋名山车神·舒窈的绝世车技呢！

有一说一，武小狄，就是这个新来的小孩，天赋异禀，能力也挺强。

就是年轻气盛，胜负心太强，总把自家老板当对手，有事没事就要跟她切磋比赛，煮东西也就算了，连吃喝拉撒谈恋爱都要跟她比，天天都要在她面前秀恩爱！

她也不是不想秀回去，可惜男朋友拖了后腿，忙着保家卫国，压根儿就没时间陪她去餐厅秀。

她好不容易在车技上可以扳回一城，结果还被家里这位钢铁直男扣了钥匙！

天理何在？

"求你了，"程舒窈硬气不过三分钟，又换软的来，"你就让我开一下吧，我好歹也是你带出来的徒弟，你信不过我还信不过你自己啊？"

宋至肴单手捞着身上的树袋熊，腾出另一只手把剩下的衣服晾上去，充耳不闻："晚上吃什么？"

“我晚上还要跟武小狄去比赛开车……”她说到一半，自觉失言，又笑嘻嘻道，“切磋车技，互相交流，谨慎行车，坚决不做马路杀手！”

宋至肴扬眉看她片刻，没说话。

“哎呀，你就给我嘛！”程舒窈灵机一动，凑上前去，“你不给，我亲你了啊！”

宋至肴面无表情：“你试试？”

“试试就试试！”

美色当前，谁还不敢咋的？

程舒窈毫不客气地一口亲了上去：“给不给？！”

“给你也行。”

“真的？”

“你出门前，我们得先通知全国人民都待在家里，千万别上路。”

“宋至肴你完了。”

程舒窈气得抱着他的脸，吧唧吧唧地疯狂蹂躏。

她一下接一下，最后都把自己给逗乐了，她埋头在宋至肴的脖颈间，乐不可支地说：“我好像个啄木鸟啊，不过宋至肴你上辈子是个唐僧吧，唔……

“哎哎哎……等一下……

“你怎么还玩不起哪？是你让我试试的……宋至肴，你无耻……”

“我不要车钥匙了还不行吗……”程舒窈有点喘不过气来，连连求饶，“不要车钥匙了，也不说你是唐……”

晚上，程舒窈气鼓鼓地从房间里出来，临出门前，她又进了卫生间，对着镜子把衣领往上扯了扯。

车钥匙最后还是没要到。

得不偿失啊！

她啧啧感叹，想了想，又很心机地将衣领往下拉了一点。

无形秀恩爱最为致命，看武小狄还敢不敢质疑她有男朋友这件事！

至于晚上的比赛……

她眨眨眼睛，狡黠一笑。

男朋友只会吃！关键时候还得靠闺密！

她拿出手机："许清，我拿到驾照了，晚上把你车开出来嗨呀！"

电话刚挂断，武小狄就发了语音过来，笑嘻嘻地问："老板，车神，几点了，你还出不出来啊？需要我去接你吗？"

这简直就是赤裸裸的挑衅！

程舒窈"呵呵"了一声："你最好别带女朋友，不然我怕你今天晚上输得太难看，回头女朋友看不上你了！"

"那你不得赔我一个？"

程舒窈"呸"了一声："我给你赔个搓衣板！"

从卫生间出来，见宋至肴坐在沙发上，她立马乖乖把手背到后面："不是说要去开会，你怎么还没走？"

宋至肴看她："你要出去？"

"不去不去，我连车钥匙都没有，能去哪儿，跟武小狄比赛谁跑得更快吗？”

“最好是，”宋至肴捏了她后颈一把，却没用力，转而勾住她脖子拉到自己身边，轻轻抱了她一下，“我走了。”

“别人谈恋爱的，现在小孩都打酱油了，你却忙得连个人影都看不见，我说自己有男朋友人家都不信！”程舒窈小声嘀咕，但嘴上还是说，“好嘞！路上慢点，拜拜，再见！”

宋至肴多看了她一眼，眼底眸光微动。

程舒窈被他看得心里有点毛毛的，又怕他多想什么，于是主动上前抱了他一下：“哎呀好啦，我开玩笑的，我男朋友有责任有担当全世界宇宙无敌第一好，去吧去吧！”

宋至肴走了两步，又回头，说道：“其实我是想说，你这件衣服，很幼稚。”

哪里幼稚了？

她刚买的春季最新款好不好？

“那我穿什么？”

他随手指了指沙发上那件外套：“那个就挺好！”

黑不溜秋跟乌鸦似的！

“暖和最重要。”

程舒窈笑嘻嘻地道：“你应该说我穿什么都好看！”

宋至肴笑了下，走了。

宋至肴前脚刚走，程舒窈后脚就上了许清的车。

讲真的，毕竟有宋至肴这个严师，再加上练了这么久，她的车技其实还算不错。

不过倒也不是真的要去比赛，她就是去显摆下自己的驾照，顺便一起吃个饭庆祝一下。

“你不怕宋至肴吃醋啊？”

许清坐在副驾上帮她看着路，笑着问她。

程舒窈说：“哎呀，你不懂啦，他本来就已经觉得对不起我了，虽然我偶尔也会有那么一丢丢不爽，但是又不是不能理解，从一开始我们选择在一起的时候，我就已经预料到这样的以后了。

“但那又能怎么样呢？

“难道我就什么也不干，每天眼巴巴地等着他吗？这样会让他开心吗？不会，他嘴上不说，但心里只会更愧疚，觉得亏欠我。

“所以啊，还不如有时间的时候两个人一起腻歪，没时间的时候，就各忙各的。我跟朋友出来吃喝玩乐，他也少点负罪感，我也不会太无聊，活成怨妇。”

“哟，”许清调侃，“这才哪儿到哪儿？还没结婚呢，你就有军嫂的自觉了？”

“还说呢！”程舒窈打一把方向盘，嗤她，“不然都像你啊？活得跟个无情无欲的工作机器一样？周呈韫呢？怎么今天没黏着你？”

听到周呈韫的名字，一向冷淡的许清耳朵竟然有点红了，她马上侧过头去看窗外，嘴硬道：“关他什么事，而且那是你弟弟，又不是我弟弟。”

“当然不是你弟弟了，不然岂不是有违伦理道德？”

“程舒窈，你话怎么又变多了？”

“有吗有吗？大概是因为我有爱情而你没有吧。”

“差不多行了啊，”许清翻了个白眼，想了想，又道，“不过话说回来，宋至肴都不会吃醋的吗？”

哪里像周呈韫那种小孩，东也不准，西也不许，还没怎么的呢，就巴不得把她身边的异性全部调查一遍。

“他才不会！”想到这里，程舒窈也颇有怨言，“直男一个！”

话音刚落，宋至肴的电话就打了过来。

“你人呢？”

“我我我……我出来买东西啊。”

“什么时候回？”

“还不知道。”

程舒窈有点心虚，还想说什么，那边电话就挂断了。

她刚想回过去，电话很快又打过来：“宋……”

“我是乔柏，”电话那边说，“今晚出任务，宋至肴受伤了，你过来一趟吧，地址是……”

程舒窈脸色一变，立马掉转方向，踩了脚油门。

许清吓了一跳，马上提醒道：“慢点，别担心，能打电话过来，应该没事。”

乔柏报的地址有点偏，程舒窈不清楚那边的状况，有点不放心，于是把许清留在好打车的地方，让她先回去，就算后面有什么情况，自己也好喊她支援。

许清当然不肯，不过接了周呈韫的电话之后，她皱了皱眉，只好作罢。

程舒窈在心里把各种不好的揣测都过了一遍。

她火急火燎赶到目的地，下车走过去，大门是开着的，好像是个很大的院子，里里外外漆黑一片。

她喊了两声，无人应答。

她给宋至肴打电话，却始终无人接听。

越往里走，越是漆黑一片。

“宋……”

她刚一开口，就被人从身后猛地捂住嘴巴，转身带着换了个方向。

“别出声。”

那人声音一出，她整个人神经忽地懈怠下来了，鼻子没来由地一酸，眼泪跟刹不住似的往下掉。

“你神经病啊！”她气得骂他，“大晚上没事干耍我过来跟你玩捉迷藏？宋至肴你是不是人啊？”

宋至肴也有点无措：“我不是……”

他想了想，蹲下身捡了块石头往不远处某个方向丢过去。

好像是砸到了什么东西，发出一声闷响，然后周围传来一阵很轻微的窸窣声。

“你喊我一声。”他说。

“你有病？”程舒窈说着，还是喊了声，“宋至肴？”

然后窸窣声明显更大了点，好像有人在低声说话——

“来了吗？”

“来了吧。”

“那就开始？”

“开吧？”

很快，“砰”的一声响。

参差不齐的礼花筒纷纷炸开，彩条从四面八方撒下来，面前楼房里亮着的灯光勉勉强强凑成了个心形。

前面的空地上摆放着的心形电子蜡烛也一起亮起来，花瓣铺了一地，程舒窈这才看出来，这里应该是跟以前他们的训练基地类似的地方。

紧接着，很不符合这种环境的网络神曲的音乐响起，一群人不知道从什么地方出来了，齐刷刷地踢着正步，排成一排。

“起！”有人指挥。

“嫂子好！”

“嫂子辛苦了！”

“嫂子嫁了吧！”

口号震天响，整齐划一。

有人忽然反应过来：“哎，不对，人呢？”

“谁刚刚瞎指挥来着？！”

宋至肴已经尴尬得不行了。

程舒窈捂着肚子几乎要蹲到地上去，她笑得眼泪都出来了，故意撒开他的手：“哎，你倒是放开我啊，这不是特意给我准备的吗？哈哈哈，我可是女主角，你干什么不让我去认领？”

“你再笑？”

“不是说你们今天晚上开会吗？”程舒窈笑得控制不住，又不敢出声太大，“宋至肴，看不出来你还有这少男心啊？”

“程舒窈！”宋至肴故意沉着脸威胁她。

“好好好，不笑不笑，可我忍不住啊，哈哈……”

“我不知道，他们通知的是有紧急任务，晚上开会，”宋至肴简直想捂脸，“我不知道他们开会的内容是这个。”

“所以你打电话给我，就想看看我有没有被忽悠过来？”

宋至肴有点不太自在：“别笑了。”

“然后被乔柏把电话抢走了？”

“……”

“然后你就蹲在这里劫持我？”

“……”

“哎，宋至肴，这不行啊，你不能剥夺我被求婚的权利，”她笑得不行，“不行，快让我出去！哎呀，早知道我出来就换件衣服啦。”

“然后跟那个什么餐厅的小鲜肉出去玩？”

程舒窈顿了下才反应过来：“原来你会吃醋啊？酸这个呢？”

“程舒窈！”

“别酸啦，他有女朋友的。”

“你是说那位？”宋至肴指着门口鬼鬼祟祟的两道人影。

前者看得出来是闻讯赶过来的武小狄，后者是在店里出现过的他的“女朋友”。

只不过今天看着有点儿不一样。

程舒窈盯着把假发拿在手里的“女生”，反应了几秒，才说：“假，假的？”

“我也太有魅力了吧？怕我不接受，”她干巴巴地笑笑，“那小孩竟然不惜找兄弟假扮自己女朋友？我发誓我真不知道。”

宋至肴不说话了。

“不行，”程舒窈顿时有点心虚，于是转移了话题，“我还是要出去露个面，我要感受一下这浓浓的直男求婚氛围，哈哈哈！”

她说着便要往外走，宋至肴一把拽住她：“别出去了，我给你个东西。”

“嗯？”程舒窈不笑了，仰头看她。

宋至肴被她盯得有点不好意思，然后从衣兜里摸出两个盒子。

“让我选一个？”程舒窈不明所以。

宋至肴：“也行。”

他忽然笑了，俯身在她耳边说：“想好了啊，选好了就得嫁。”

“那意思选错了就不能嫁了呗？”程舒窈诧异。

宋至肴被她这脑回路惊到，故意清清嗓子，做严肃状：“嗯。”

这“被求婚”怎么还有风险呢？

但是她的好奇心已经大过跟他计较这个了，程舒窈思来想去，选了左边的盒子。

宋至肴打开递给她，笑了笑：“怎么办？”

一颗闪亮的戒指放在盒子中央。

趁着程舒窈愣怔之际，他顺手把戒指套上她的手指：“宋太太，下次转告他，破坏军婚罪，可以处三年以下有期徒刑。”

“还好意思说我？哪有你这么求婚的？外面那玫瑰蜡烛都比你有诚意！”程舒窈叫着说道，“那我刚刚要是选了另外一个呢？”

他笑了下，也递过去。

“结婚报告批下来了。”他说。

军婚需要提前一个月提交申请报告，之后会有各种背景调查，时间长短不确定。

她从来没有去想过这些，也不知道他居然一声不吭，提前很久就去准备这些了。

程舒窈一时间有点好笑又感动。

“宋至肴，你也太奸诈了吧？所以刚刚不管我选哪个，都得嫁？”

“本来就是给你的，还能给别人？我也没说让你二选一，是你自己说的。”

“心机鬼！我就不能不嫁吗！”

“本来没想这样给你，”宋至肴想到那帮生怕他娶不到老婆的队友，低头笑了，“抱歉，今天是个意外。但是怎么办？”

宋至肴认真地说：“程舒窈，我想不到好点子了。所以，只能用以后的一辈子赔给你。”

2

临近冬日，越来越冷，在某个天气还不错的日子，程舒窈跟宋至肴的婚礼日期终于确定下来了。

在此之前，其实她有过很多关于婚礼的浪漫心思，但等到真的要筹备的时候，大事小事一大堆……

“太！麻！烦！了！”

某只懒货瘫在沙发上吐槽。

宋至肴把切好的水果放到茶几上，凉凉道：“你是指，从头到尾混吃混喝，就只想了个宾客名单？”

程舒窈就着他的手叼了颗草莓，丝毫不觉得羞愧：“想名单也很麻烦好不好？”

在她威胁的目光下，宋至肴求生欲很强地点了点头：“好。”

程舒窈很满意，觉得孺子可教，宋先生现在被她调教得真是越来越懂事了。

“所以呢？”她笑嘻嘻地凑过去，抱住他的胳膊。

“所以，”宋至肴有些无奈又好笑，低头亲了亲她的头发，“其他的事情都交给我。”

“哎呀，你可真是太懂事啦！”

宋至肴小声吐槽：“说得好像之前的事情不是我在做一样。”

程舒窈嘿嘿笑着。

“不过，”宋至肴把玩着她的头发，温声道，“你不去跟你妈妈说一声吗？”

程舒窈一顿，神色稍稍冷却下来。

她低了低头，圈紧了他的胳膊，尽量表现得语气轻松一点：“我跟周叔叔打过电话了。”

结婚这种大事，其实再怎么样，还是会告诉父母一声。

但是程舒窈不确定妈妈到时候是不是又会讲很多自以为是的话，或者又还会来干扰他们的决定，她实在不想再去应付这些事情。

宋至肴摸摸她的头发，淡淡地“嗯”了声。

话音刚落，敲门声响起。

“估计又是周呈韫那家伙来蹭饭，”程舒窈嘴上这么吐槽，但还是从沙发上一跃而起，趿拉着拖鞋噔噔噔跑过去开门，“来了来了，别敲了，吵死……”

门一打开，她没说完的话便如数吞了下去。

“妈妈。”她小声道。

“不让我进去啊？”程妈妈笑笑，仿佛从前的争执像不存在一样，她上下打量她一番，“外面风很大，别穿这么少出去蹦跶，回头感冒了看你在婚礼上打喷嚏！”

程舒窈侧身，让她进来，然后顺手关上门。

“小宋在家呢？”

程妈妈笑着打招呼。

“阿姨好。”宋至肴起身递水给她，下意识去看了一眼程舒窈，然后过去牵起她的手，轻轻捏了捏她的手指。

程舒窈扯出个笑。

“没事，我就过来看看，”程妈妈把沙发上的抱枕收了收，然后拎着袋子进了厨房，“婚礼上的事情，想着你们两个都是年轻人，没什么经验，看看有没有什么需要我帮忙的。”

其实程舒窈知道，告诉周叔叔的话，妈妈肯定也会知道。

她没想瞒着，只是不太想正面去跟妈妈说而已。

但是妈妈今天过来，程舒窈的情绪多少还是有些复杂。

“阿姨，您坐着吧，”宋至肴拉着程舒窈进了厨房，“中午吃什么，我跟程舒窈来，您休息会儿。”

“哎呀！你一个大男人会做什么呀？”程妈妈把两个人往外推，“我呀，又没什么事情，最近学着做了不少菜，这些都是中午做好了的，想着带过来给你们先尝尝！”

她说着，看向程舒窈，笑着打趣：“这里不是有位专业的吗？回头吃完了也好给我点意见。行了，出去吧，我热一热就可以直接吃了。”

宋至肴当然不可能真的就跟程舒窈坐在外面等着。

三个人挤在原本就不大的厨房里，只有程妈妈偶尔说两句话，气氛稍稍有些尴尬。

程妈妈仿佛浑然不察，她手脚利落地热好饭菜，一起放到餐桌上，解了围裙笑笑：“快吃吧，等会儿凉了。”

“阿姨您也一起。”

“我不吃啦，”她洗完手，笑笑，“小宋啊，我们舒窈有点懒，脾气也不怎么好，有什么不开心了也不乐意给别人添麻烦，总爱藏在心里。”

“妈！”

“不过啊，她没什么坏心，”程妈妈笑笑，莫名有点苦涩，“她一个小姑娘其实也挺不容易的，别觉得我自卖自夸啊，我们舒窈很乖，也很厉害。我呢，不是个称职的妈妈，缺席了她过去的太多场合，以后的大半辈子，就要交给你了。但是不要觉得我们舒窈没有人撑腰，就想欺负她！”

“不会。”宋至肴笑笑。

“好了好了，你们快吃饭吧，我就回去了。”程妈妈也笑笑，然后起身往门口去。

“妈——”程舒窈只喊了一声，不知道要说什么话。

“行了，回去吧，婚礼上有什么需要帮忙的就跟我说，”程妈妈摆摆手，又想到什么，有点不好意思地开口，“那个汤我试了蛮久，你们等会儿尝尝，回头给我意见啊。”

程妈妈火急火燎地赶来，留下一桌子菜，又匆匆忙忙离开。

“我对你们这些做菜的事情不太懂，”宋至肴看看程舒窈，又看看桌上的菜，过去盛了一碗汤，拉着程舒窈坐下，递到她手里，“但是前两天我也看到过一个说法，罗宋汤是冬天里做给最爱的人喝的。”

程舒窈也知道，这是妈妈来致歉示好的方式。

可是如妈妈所说，过去那么多年她的缺席，和后来这些年的种种做法，绝对不是靠一两顿饭就能弥补的。

程舒窈忽然有点想哭。

“慢慢来吧，”宋至肴放下手里的汤碗，转过身抱住她，“会好起来的。”

“其实我也没那么无所不能，”她埋头在他胸前，声音有些哽咽，“宋至肴，我放学回家的时候，也想让妈妈来接，也想吃妈妈煮的饭菜，被同学欺负的时候，也想有妈妈替我撑腰……

“宋至肴……”

“没关系，”他轻轻拍拍她的背，“你一个人已经很好了，自己跌跌撞撞也能长这么大，还能这么厉害。以后的话，有我在呢。”

－全文完－